U0565615

词经典

唐宋卷

# 辛弃疾

陈祖美 主编

邓红梅 编著

河南文艺出版社
·郑州·

**图书在版编目（CIP）数据**

辛弃疾集/邓红梅编著. —郑州:河南文艺出版社,2018.11

（中华经典好诗词/陈祖美主编）

ISBN 978-7-5559-0682-7

Ⅰ.①辛…　Ⅱ.①邓…　Ⅲ.①宋词-选集　Ⅳ.①I222.844

中国版本图书馆 CIP 数据核字（2018）第 129428 号

出版发行　河南文艺出版社
本社地址　郑州市鑫苑路 18 号 11 栋
邮政编码　450011
售书热线　0371-65379196
承印单位　河南瑞之光印刷股份有限公司
经销单位　新华书店
纸张规格　890 毫米×1240 毫米　1/32
印　　张　7.5
字　　数　165 000
版　　次　2018 年 11 月第 1 版
印　　次　2018 年 11 月第 1 次印刷
定　　价　29.00 元

印厂地址　河南省武陟县产业集聚区东区（詹店镇）泰安路
邮政编码　454950　　电话　0391-2527860

# 导言

陈祖美

"中华经典好诗词"丛书是从浩如烟海的中华优秀诗词中几经精简、优中选优的一套经典诗词丛书。全套丛书共分先唐、唐宋、元明清三卷。其中唐宋卷唐代部分包括大小李杜,即李白、杜甫、李商隐、杜牧四位大家的作品专集,以及唐代其他名家的诗词精品,即《唐代合集》;宋代部分包括柳永、苏轼、陆游、辛弃疾四位大家的作品专集,以及宋代其他名家的诗词精品,即《宋代合集》。唐宋卷合计共十种。

综观本卷的十个卷本,各有别致之处和亮点所在。

李白和杜甫本是唐代名家中的领军人物,读过李、杜二卷更可进一步领略李、杜之别不在于孰优孰劣,而主要在于二人的性情禀赋、所处环境、生平际遇,以及所运用的浪漫主义和现实主义创作方法的不同。从林如海所编的《李白集》中,我们可以体会到诗仙作品那"笔落惊风雨,诗成泣鬼神"的艺术魅力。宋红编审在编撰《杜甫集》时,纠正了新旧注释中的不少错误,再三斟酌杜甫的全部诗作,为我们提供了不曾为历代选家所关注的一些新篇目,使我们对杜甫有了更深层次的认识。

在李白、杜甫身后一个多世纪的晚唐时代，再度出现了李商隐、杜牧光耀文坛的盛事。

平心而论，在唐宋卷的十种中，《李商隐集》的编撰怕是遇上较多难题的一种。感谢黄世中教授，他凭借对李商隐研究的深厚功底，不惮辛劳，从李商隐现存的约六百首诗作中遴选出八大类佳作，为我们消除与李商隐的隔膜开辟了一条捷径。

杜牧比李商隐的幸运之处，在于他尽管受到时相李德裕的多方排挤，却得到了同等高官牛僧孺的极力呵护和器重。再说杜牧最后官至中书舍人，职位也够高了。从总体上看，杜牧的一生风流倜傥，不乏令人艳羡之处，他的相当一部分诗歌读来仿佛是在扬州"九里三十步的长街"上徜徉。对于胡可先教授所编的《杜牧集》，您不妨在每年的春天拿来读一读，体验一下"腰缠万贯，骑鹤下扬州"的美好憧憬。

《唐代合集》所面临的主要难题是版面有限而名家、好诗众多。为了在有限的版面中少一点遗珠之憾，编者陈祖美主要采取了以下三种缓解之策：一是对多家必选的长诗，如《春江花月夜》《长恨歌》《琵琶行》等忍痛割爱；二是著名和常见选本已选作品，尽量避免重复，这里不再选用；三是精简点评字数。

唐宋卷中《柳永集》的编撰难度同样很大，其难点正如陶然教授所说：在柳永的生平仕履中谜团过多、褒贬不一。所幸，陶然教授继承和发扬了其业师吴熊和教授关于柳永研究的种种专长和各项成果，创造性地运用到本书的编撰之中，从而玉成了这一雅俗共赏的好读本。

仅就本丛书所限定的诗词而言，苏轼有异于以词名世的柳永和辛弃疾,洵为首屈一指的"跨界诗词王"！那么,面对这位拥有两千多首诗、三百多首词的双料王牌,本书的编撰者陶文鹏教授运用了何种神机妙策,让读者得以便捷地领略到苏轼其人其作的精髓所在呢？答曰:科学分类,妙笔点睛。不仅如此,本集在题材类编同时,还按照五绝、七绝、五律、七律、词、古风等不同体裁加以排列。编撰者将辛劳留给自己,将方便奉献给读者。

高利华教授所编撰的《陆游集》,则是对陆游"六十年间万首诗"的精心提取。正是这种概括和提取,为我们走近陆游打开了方便之门。编者将名目繁多的《剑南诗稿》(包括一百三十多首《放翁词》)中优中选优的上上佳作分为九大类。我们从前几个类别中充分领略了陆游的从军之乐和爱国情怀,而编者所着力推举的沈园诗则是陆游对宋诗中绝少的爱情篇章的另一种独特贡献。尤其值得一提的是,《陆游集》的更大亮点在于"家祭无忘告乃翁"这一类诗所体现的好家风。山阴陆氏的好家风,既包括始自唐代陆龟蒙诗书相传的"笠泽家风",更有殷切期望后人继承和发扬为国分忧、有所担当的牺牲精神。

邓红梅教授所编的《辛弃疾集》,将辛弃疾六百余首词中的佳作按题材分为主战爱国词和政治感慨词等十一类,从而把人称"词中之龙"的辛弃疾,由人及词全面深刻地做了一番透视与解剖。这样,即使原先是"稼轩词"的陌路人,读了邓红梅的这一编著,沿着她所开辟的这十多条路径往前走,肯定会离辛弃疾越来越近,并从中获得自己所渴望的高品位的精神享受。

唐宋卷由《宋代合集》压轴,不失为一种造化,因为本集的编撰者王国钦先生一贯擅出新招儿、绝招儿。他别出心裁地将本集的八个分类栏目之标题依次排列起来,巧妙地构成一首集句七言诗:

彩袖殷勤捧玉钟,为谁醉倒为谁醒?
好山好水看不足,留取丹心照汗青。
流水落花春去也,断续寒砧断续风。
目尽青天怀今古,绿杨烟外晓寒轻。

读了这首诗想必读者不难看出,这八句诗分别出自宋代或由唐入宋的诗词名家之手。这些佳句呈散沙状态时,犹如被深埋的夜明珠难以发光。国钦先生以其披沙拣金之辛劳和出人意料的奇思妙想,将其连缀成为一首好诗。它不仅概括了本集的主要内容,也无形中大大增添了读者的兴趣。

接连手术后未及痊愈,丁酉暮春
勉力写于北京学院路寓所
2017 年 12 月

# 目　录

## 抗金爱国·他年要补天西北

## 忧国伤时·朱丝弦断知音少

## 仕隐两难·蛾眉曾有人妒

## 登高怀古·何处望神州

## 归隐带湖·我见青山多妩媚

## 咏物成趣·老来曾识渊明

## 赠别会友·后夜相思月满船

状景品题·望飞来半空鸥鹭

## 情爱心歌·手拈黄花无意绪

## 田园风情·稻花香里说丰年

抗金爱国

他年要补天西北

# 水调歌头

## 寿赵漕介庵①

千里渥洼种，名动帝王家②。金銮当日奏章，落笔万龙蛇③。带得无边春下，等待江山都老，教看鬓方鸦④。莫管钱流地，且拟醉黄花⑤。　　唤双成，歌弄玉，舞绿华⑥。一觞为饮千岁，江海吸流霞⑦。闻道清都帝所，要挽银河仙浪，西北洗胡沙⑧。回首日边去，云里认飞车⑨。

[注释]

①本词作于宋孝宗乾道四年（1168）秋，时在建康通判任上。寿：祝寿。漕：漕司，即转运使，主管催征赋税、出入钱粮及水上运输事宜。赵介庵：名彦端，字德庄，号介庵，为赵宋宗室。时任江南东路计度转运副使，驻节建康。

②言赵有超群才能，名为天子所知晓。渥洼种：据《史记·武帝纪》载，汉时有骏马生于渥洼（今甘肃瓜州县境内）水中，被献于朝廷，汉武帝以为此是天马，后世借以称千里马。

③言赵当年在金殿起草奏章，笔势遒劲飞动，如走龙蛇。

④鬓方鸦：即鬓发乌黑，此言赵容颜不老。

⑤据《新唐书·刘晏传》，刘晏善于理财，曾"自言如见钱流

地上"。此劝赵暂时放却处理得很有成效的漕务,把酒对菊,一醉方休。

⑥双成、弄玉、绿华:原都是神话传说中才貌双全的仙女,此处借指酒宴上歌舞助兴的艺妓。

⑦此两句举杯祝赵长寿,并愿其如自己一样开怀畅饮。觞:古时酒杯。流霞:原指神话中的仙酒,后世泛指美酒。

⑧此三句言听说朝廷现在有北伐中原、驱逐金兵而恢复国土之意。清都帝所:传说中天帝所居住之处,此处借指南宋朝廷。挽银河仙浪洗胡沙,为举兵逐敌的委婉表达。

⑨此祝赵早日返回朝廷,奋志腾飞。日边:指天子身边。云里飞车:古代神话中的飞行工具,传说为奇肱氏所造。

[点评]

这是一首祝寿词,也是现存稼轩词中早期作品之一。宋代大多数祝寿词都流于应酬和恭维,但这首词不一样,流露出了稼轩满腔的爱国激情和勉励友人为抗金事业做贡献的意愿。

这首词通篇采用神话故事巧为比拟,不仅构思奇特,文采奇丽,而且在整体情调上具有浓郁的浪漫色彩。词的上阕,热情赞扬赵彦端的风采和才干。首一大句可谓起端不凡,生气淋漓,以神马比喻其才能,热情赞扬他是宗室里的佼佼者。下一大句紧接而来,选用赵氏在金銮殿里起草奏章的往事,点出赵的非凡才干。上阕末句,借典贴切,用意颇深:既有赞美赵作为计度转运副使在理财方面的出色政绩的用意,也不无替赵代抒三十余年为地方官而不被大用的牢骚的意思。妙在将它表达得若有若无,令人能玩味而不能指实。

下阕内容，可以分为两个部分。前两大句，紧承"醉黄花"写祝寿盛况的眼前景事。歌舞繁盛、美人来往劝饮敬酒，希望与赵氏同做神仙豪饮。后两大句为第二部分，也是全篇主旨所在。是怎样形成的？天上的宫殿里正在筹划一场大的"清洗行动"：要以银河仙浪去清洗西北即中原大地上有腥膻味儿的胡沙。而寿主，因为他秀出于宗室诸子的非凡才干，已经被召回"日边"即"清都帝所"去了，作者只在回首时还能看见他的飞车在云间飞腾。这出自想象并运用隐语来完成的景象，表明了作者希望南宋朝廷早日决策北伐的心情，同时也表明了他对于寿主能受到皇帝大用、一展雄才的美好祝愿。

这首写为作者二十九岁时的词作，在寻常的寿词里灌注了爱国的浓情。将慷慨热烈的豪情和深隐内含的用意结合在一起。在抒情效果上有隐处，也有秀处，所以显得跌宕生姿而非一味豪放。在写作手法上，几乎通篇用比体。这表现为运用神话和典故来表情达意，能化用它们而不是为它们所驱使。这就使奇思丽想融化在浑然天成的运笔之中，造语显得新颖而又自然。

# 满江红

## 建康史帅致道席上赋①

鹏翼垂空,笑人世、苍然无物②。又还向、九重深处,玉阶山立③。袖里珍奇光五色,他年要补天西北④。且归来、谈笑护长江,波澄碧⑤。　　佳丽地,文章伯;金缕唱,红牙拍⑥。看尊前飞下,日边消息⑦。料想宝香黄阁梦,依然画舫青溪笛⑧。待如今、端的约钟山,长相识⑨。

[注释]

①作于宋孝宗乾道五年(1169),时稼轩为建康通判。史致道:名正志,时为建康知府,兼行宫留守、沿江水军制置使,主张抗金。

②言史氏如志向高远的鲲鹏展翅凌空,足以傲视人间碌碌无为者。此借典于《庄子·逍遥游》记载,有鸟焉,其名为鹏,背若泰山,翼若垂天之云。苍然:苍茫混沌的样子。无物:没有什么东西。

③此言史氏为国家柱石。九重深处:天的最高处,借指皇宫。山立:像山峰一样耸立。

④言史氏有抗金复国的才能与壮志。此处借典于女娲炼石

补天的神话,事见《史记·补三皇本纪》。

⑤此言史氏以沿江水军制置使身份守卫长江,能使长江防线局势稳定。

⑥佳丽地:指建康一带是十分美丽的地方。文章伯:文坛领袖。金缕:《金缕曲》,即《贺新郎》的别名。红牙:乐器名,即古代歌唱时用以按节奏的红色拍板。

⑦日边消息:从天子那里传来的好消息。

⑧言史氏眼前虽与山水为伴,他日终将入阁拜相。黄阁:本指被涂成黄色的丞相府门,此代指丞相府。青溪:水名。源出钟山,流入秦淮河。

⑨言史氏如今真的要与钟山结下盟约,让它成为自己的老朋友。端的:真的。

[点评]

　　这首词采用众多的神话传说和典故,赋作品以光怪陆离的奇幻性,加强了情感内容的密度与深度。词的上阕,作者以庄子在《逍遥游》中所构造的那只"背若泰山,翼若垂天之云"的神奇鹏鸟来比拟史氏,使全词笼罩在雄奇放逸的浪漫主义的抒情氛围里。这只讪笑人世苍茫的大鹏,飞回天宫深处,像高山一样收翅伫立在玉阶天门之上。之后作者再次运用女娲补天的神话,赋予史氏以补天之神的奇特形象。实际上是希望抗战派得到重用,收复中原故土以"补"好宋朝已经缺了的西北"半边天"。史氏充任江防前线长官,使万里长江波澜不惊,江南形势得以安定。史氏护江的举重若轻,暗示其才能比之维护长江安宁所需更大。词的下阕,在结构和用墨上都与《水调歌头·寿赵漕介庵》略异。其用意在写史氏不仅有上文所写的军事才能,而且还是个文才风流的"文章伯"。这样文才武略兼备的人才,作者自然对他期待高而切,希望史氏受到天子的进一步重用,入朝主政。然而史氏的现实处境和作者的梦想景象形成对照,就使这首词表面上看起来风流俊赏,雄奇放逸,但骨子里却包含着对抗战派不得重用的幽愤与叹息。

即使不谈它在语言上的五色迷离,警峭奇拔,本词也已堪称宋代同类词作中的上品。

# 菩萨蛮

## 书江西造口壁①

郁孤台下清江水,中间多少行人泪②。西北望长安,可怜无数山③。　　青山遮不住,毕竟东流去。江晚正愁余,山深闻鹧鸪④。

[注释]

①作于淳熙二、三年(1175—1176)间,时稼轩在江西任上。造口:即皂口,在江西万安县南。据《鹤林玉露》载,建炎三年(1129),金兵追隆祐太后至造口,不及而返,稼轩由此起兴。此说与史书载隆祐逃亡路线不符,而金兵在追击过程中,确曾大肆骚扰江西一带。

②郁孤台:在赣州西北。《赣州府志》载唐代李勉为赣州刺史时,曾登此台望长安。清江:此指赣江。赣江经郁孤台下至造口,最后入鄱阳湖。

③长安:此指宋故都汴京。可怜:可惜。

④愁余:使我发愁。闻鹧鸪:鹧鸪鸣声若"行不得也——哥哥"。

[点评]

《菩萨蛮》这一词调,通常被用来描写儿女之情。比如"花间鼻祖"温庭筠,其十八首《菩萨蛮》,就都是描写闺中和宫中女子的相思情。但是,辛弃疾的这首《菩萨蛮》,却翻新出奇,成了大声镗鞳的爱国抒愤之作,极具个性。

词起两句,由眼前所见的赣江水,感怀四十余年前金兵南侵、生民流离的深沉苦难,觉得这滔滔不绝的流水中,仍旧流淌着当年的流离失所者伤心的眼泪。接下来的"无数山",作者暗用了唐代李勉在此遥望京城长安的典故,山就具有了象征阻挠他恢复故土之志的主和派力量的象征意义。这两句合起来,含蓄地表明了作者对中原未复、祖国南北分裂局面的忧心如焚。

下片起句则豁然振起,就像上文的青山有一定的象征意义一样,象征坚持抗金复土者不屈的斗志和胜利的愿望。正在为日暮天晚而发愁的他,听到了从深山中传来的鹧鸪鸟鸣声。那"行不得也——哥哥"的叫声,仿佛是一种激人肝肺的抒愤和劝告,作者借它抒发出了抗金恢复之事因受阻挠而"行不得"的深深悲凉。这样,全词情思由悲痛转激昂,又由激昂转为悲凉。

在抒情风格上,这首词则具有沉郁顿挫之妙,将爱国的热心和忧时的愁情交错互织,具有深沉勃郁的感人力量。

# 满江红

汉水东流,都洗尽、髭胡膏血①。人尽说、君家飞将,旧时英烈。破敌金城雷过耳,谈兵玉帐冰生颊②。想王郎、结发赋从戎,传遗业③! 腰间剑,聊弹铗;樽中酒,堪为别④。况故人新拥,汉坛旌节⑤。马革裹尸当自誓,蛾眉伐性休重说⑥。但从今、记取楚台风,庾楼月⑦。

[注释]

①髭:唇上的胡子。膏血:尸污血腥。

②飞将:本指西汉名将李广,此指一位王将军。金城:一说指敌城坚如金属造成,一说指古代北方地名。雷过耳:如雷贯耳,极言名声之大。玉帐:对主帅帐幕的美称。冰生颊:言其谈兵论战明快爽利,如同从齿颊间喷射冰霜。

③结发:表示成年。从戎:从军。遗业:祖先遗留的功业。

④此言自己弹剑作歌,叹报国无门,唯以杯酒,来送别友人。弹铗事用战国时孟尝君门客冯谖事,典出《战国策·齐策》。

⑤拥:持举。汉坛旌节:暗用刘邦筑坛拜韩信为大将事。

⑥马革裹尸:用马皮裹卷尸体,典出《后汉书·马援传》。蛾眉伐性:贪恋女色将自残性命。

⑦楚台:故址在湖北江陵。庾楼:一称南楼,在湖北武昌。

[点评]

这是作者任湖北军事行政长官时写下的赠别之作。从词中的描写看,是为送别一位前往当时的西部抗金前线——汉中地区的王姓朋友而作。这首词,风格刚雄豪放,特别能见出稼轩本人的壮声英概,可称是英雄之词、豪士之词。

词一上来,就以滚滚东流的汉水起兴,希望借它洗净被敌人污染的北方失地,起笔慷慨。接下来,颂扬王姓朋友家族史上一位堪称"飞将军"的前辈的出色军事才能,说他打击固若金城中的敌人,就像是迅雷过耳一样快捷而威猛。而他在自己的帐幕中研讨用兵方略,也直击要害,谈锋犀利无比,是位有勇有谋的虎将。这样的虎将,显然也是南宋这个国土被分裂、敌人难扫除的时代所呼唤的。上片最后,归结到当下的朋友身上,期望他此去边防前线,继承其祖先的英业,为抗金大业做出大贡献。这是对朋友的有力鞭策和鼓舞。

下片正面写送别之情,其中既含有作者自己不能到前线破敌的苦闷,也包含着对朋友的殷切劝勉之意。起头两句借用战国冯谖不得意时弹铗作歌的典故,表明自己不能像朋友一样到前线杀敌,而只能被限制在地方官位置上的牢骚失意。这样的失意之情,与眼前被拜将、出拥"汉中旌节"的王姓朋友一对比,就显得更为难以忍受。至末句,才归结到别离的意思上来。他点出他们一起相游过的楚地名胜风物,希望朋友别忘了在湖北聚首时所建立的真正友情。

这首词在笔法上直中见奇,笔墨酣畅而又对仗工整,显示出作者高超的语言功力。在章法上,以两片末句为两片归穴,而前此则恣放横出,直而不平,写尽英雄怀抱和英雄慷慨之气,传达出爱国者期望报国的热血心肠。这使全词格调高昂、境界高朗,读后令人精神鼓舞。

# 木兰花慢

## 席上送张仲固帅兴元①

汉中开汉业,问此地、是耶非②?想剑指三秦,君王得意,一战东归③。追亡事、今不见,但山川满目泪沾衣④。落日胡尘未断,西风塞马空肥。

一编书是帝王师,小试去征西⑤。更草草离宴,匆匆去路,愁满旌旗⑥。君思我、回首处,正江涵秋影雁初飞⑦。安得车轮四角⑧?不堪带减腰围⑨。

[注释]

①作于江西安抚使任上。张仲固:张坚。原为江南西路转运判官,后调为南宋西部边防重镇兴元知府。
②此问汉中是不是汉朝开创基业之地。

③此言刘邦一统三秦,春风得意,乘胜东归,与项羽争霸天下。三秦:指秦朝三个降将章邯、司马欣、董翳。项羽曾立他们为关中三王,以遏制汉中王刘邦。后他们都被刘邦消灭。

④追亡事:指萧何追韩信事。"山川"句:用唐人李峤《汾阴行》成句。

⑤"一编"句:凭一部兵书,即可成为帝王的老师。《史记·留侯世家》载,张良少时曾遇一老人。老人赠他一部《太公兵法》,并说读了此书,就可以成为帝王的老师。张良后来果然成为汉代开国元勋之一。

⑥旌旗:当指友人的随行仪仗。

⑦"江涵"句,用杜牧《九日齐山登高》成句。

⑧此幻想车轮生出四个角,不好转动,以表达挽留友人之情。

⑨此言因思友而渐渐消瘦。

[点评]

　　宋孝宗淳熙八年(1181)秋天,作者的好友张坚调任兴元(治今陕西汉中市)知府。在饯别的宴会上,作者写下这首词为赠。它虽是送别之作,主旨却在于抒发作者对于朝廷偏安一隅、不思进取的妥协政策的深刻不满。

　　起句从朋友赴任的汉中落笔,切合题面。以下至"一战东归"用与汉中有关的史实,明为赞美刘邦振兴汉朝基业,暗处表达对南宋小朝廷偏安江南、无心复国、坐使金人侵吞自己的半个江山的不满。下一大句承此而下,颂古非今:当初萧何为了统一大业,爱惜人才,为刘邦追回负气而走的将才韩信,这样的事情而今已经看不到了。言下之意是,包括自己在内的栋梁之材,如今只是被排挤、受冷落。尽管如此,作者并没有只发抒个人不得志的牢骚,而是将自己的痛苦与国家的不幸联系起来,写面对破碎的山河无缘拯救,只落得泪满衣襟。末一大句,以一个极不合理的对照,写尽了作者的忧国愤慨之情。一方面是敌人的不断入侵;另一方面却是西风中我军所养的战马虽已膘肥体壮,但在朝廷的妥协政策下无所作为。在此可以窥见稼轩那高尚脱俗的精神境界。

下片在此阔大悲壮的背景上抒发友情。作者先以汉代张良辅佐刘邦为喻,赞美朋友的才能,勖勉朋友在边防前沿的汉中建功立业,说这相对于他的堪为帝王之师的水平来说,征西只不过是牛刀小试。下一大句接写饯别:"草草""匆匆"两词,最见离人行色匆忙,也显示出作者未能与友人尽情诉别的遗憾。"愁满旌旗",离情最苦。

# 贺新郎

## 同父见和,再用韵答之①

老大那堪说。但而今、元龙臭味,孟公瓜葛②。
我病君来高歌饮,惊散楼头飞雪。笑富贵、千钧如
发③。硬语盘空谁来听④?记当时、只有西窗月。
重进酒,换鸣瑟。　　事无两样人心别。问渠侬、
神州毕竟,几番离合⑤?汗血盐车无人顾,千里空
收骏骨⑥。正目断、关河路绝。我最怜君中宵舞,
道"男儿、到死心如铁"。看试手,补天裂⑦。

[注释]

①作于淳熙十六年(1189)春,时稼轩仍在带湖。去年冬稼
轩寄《贺新郎·把酒长亭说》于陈亮后,陈有和词奉还,慷慨
激昂。稼轩深受感染,于是再作此词相答。同父:陈亮字
(又字"同甫")。
②元龙:三国时陈登字元龙,是一个湖海豪士,以天下为己
任。臭味:气味,志趣。孟公:西汉名士陈遵字孟公,性豪爽,
嗜酒好客。瓜葛:牵连。此处以二陈借指陈亮,言自己与他
臭味相投,关系亲密。

③此言常人视富贵重若千钧，而我辈则视之轻如毛发。

④硬语盘空：借韩愈的话，言自己与陈亮的谈话不合时宜，豪迈刚健。盘空：回荡在空中。

⑤渠侬：吴语称他人为渠侬，此指执政的妥协派。

⑥"汗血"句：《战国策·楚策》载，骏马拉着盐车上太行山，弄得膝折皮烂，仍是上不去。汗血：产自大宛的千里马。无人顾：没有人理会。"千里"句：古时某国君用千金求千里马，三年不得。侍从以五百金购回千里马的头骨，王怒。侍从答道："死马且买之五百金，况生马乎？天下必以王为能市马，马今至矣。"不到一年，果得三匹良马。

⑦中宵舞：用东晋名将祖逖"闻鸡起舞"事。补天裂：喻收复中原，统一河山。

[点评]

　　词人读了陈亮追和的《贺新郎》后，深深为其"只使君、从来与我，话头多合"的情语所打动，又为其词中慷慨激越的抗金爱国之志引动类似的情怀，于是他又写下了这首酬和之作。

　　本词既是和作，就要在内容和用韵上受到陈亮原词的限制。这是稼轩闲居带湖时期最为激昂奋发的爱国伤时之作。他以特有的"稼轩笔法"，也就是取用历史上有名的同姓人物，来赞美友人的高尚品德，并表明自己和他气味相投，颇有情缘。两位志士对于富贵的轻蔑，足见胸襟不凡。

　　下片境界别开，呼应陈亮和词中的爱国豪情与抗金壮志，贯穿了词人自己对于时政不谐、人才遭抑的愤怒和对于想要完成抗金大业的万丈豪情。自从"靖康之乱"以来衰弱不振的国势没有改变。可怕可恨的是,现在的"人心"却变化了。这里的"人心",既指南宋统治者越来越丧失斗志,一味谋图偏安,而再无救亡图存时期的魄力,也包进了陈亮和词中所说的意思,即现在身历"靖康之乱"的中原父老大半已死去。这不仅使中原后生忘记了故国和民族的耻辱,而且金人的后代也愈加认定中原是他们的领土。是多么悲惨而可怕的事!尽管时运不佳,但自己依然要与朋友一起,像女娲补天那样重整山河,完成统一祖国的大业。全词起得突兀,结得刚烈,呈现出雄放悲壮的风格特征,这也是最能体现词人作为失意英雄的豪情与悲愤的典型风格。

# 贺新郎

## 用前韵送杜叔高①

细把君诗说。恍余音、钧天浩荡,洞庭胶葛②。千丈阴崖尘不到,惟有层冰积雪。乍一见、寒生毛发③。自昔佳人多薄命,对古来、一片伤心月。金屋冷,夜调瑟④。　　去天尺五君家别⑤。看乘空、鱼龙惨淡,风云开合⑥。起望衣冠神州路,白日销残战骨⑦。叹夷甫、诸人清绝⑧!夜半狂歌悲风起,听铮铮、阵马檐间铁⑨。南共北,正分裂。

[注释]

①前韵:指赠陈亮的两首《贺新郎》。杜叔高:浙江金华人。杜氏兄弟五人俱博学工文,人称"金华五高"。叔高继陈亮之后,携诗歌来信州访辛。临别,稼轩赋词以赠。

②钧天:指神话中的《钧天广乐》。洞庭:《庄子·天运篇》:"帝张《咸池》之乐于洞庭之野。"胶葛:空旷深远貌。此形容乐声悠悠荡漾。

③阴崖:北向的悬崖。寒生毛发:言杜诗读后令人精神一爽。

④佳人:美人,兼指美女和才士。金屋:本是汉武帝为陈皇后所造,此泛指佳人居处。调瑟:意谓以琴瑟自遣愁肠。

⑤去天尺五君家别:借典故指杜家与其他人家不一样。去天尺五:北朝长安城南居住杜姓和韦姓两大家族,深受天子宠爱。时人有"长安韦杜,去天尺五"之谚。

⑥鱼龙惨淡:一说为志士变色,一说为奸小横行。

⑦衣冠:代指士大夫。神州:此特指中原大地。销残战骨:言抗金战士的骨骸已经朽坏零落了。

⑧夷甫、清绝:西晋宰相王衍字夷甫,曾清谈误国。此借讥南宋士林风气。清绝:清谈绝伦。

⑨檐间铁:古时悬挂在屋檐下的铁片,俗称铁马儿,受风则互击作响。此有因铁马儿联想疆场战马的意思。

[点评]

在词人与陈亮以《贺新郎》词调相互赠答后不久,家住浙江金华的落魄诗人杜叔高,也来带湖拜访词人。杜氏一门风雅,兄弟五人都能诗,而唯有叔高一人的诗歌,写得有"吞牛食虎之气"，兄弟们那些写得宛若春光幽妍的诗歌，竟似为衬托他的诗歌而存在。他的诗歌，其精神气魄因此也深受陈亮的喜爱。当叔高带着自己的诗卷来拜访辛弃疾的时候，词人心中对于其诗的感觉，与陈亮完全一致。于是在叔高临别之际，词人心中那因与陈亮交谈酬答被激起的英雄感慨，再一次倾发出它的余力，这就有了这首用前韵而写成的词。

词的上下片分写不同的感慨，合起来看则气脉流走，浑然一体。上片起头一句，与酬答同人陈亮的突兀而起不同，起得平静而能启下。一个"细"字，表明这是经过细心品赏而得的结论。它体现出词人作为一个文学前辈的平易和耐心。以下直到"寒生毛发"，运用多层形象的比喻，对于叔高诗歌的美和其诗中体现出的主体精神特征加以热情的赞扬。

下片则更进一层，希望叔高跳出骚人墨客的精神藩篱，能够像词人那样放眼时局，以做力挽狂澜的爱国志士为己任，为实现南北统一而战斗。他勉励杜叔高跳出自伤沦落的平常境界，期待他在政治上有大作为。神州路上，往日士大夫之类的衣冠人物熙熙奔走，而今只见残骨在白日下反光。而可恨可叹的是，像西晋宰相王衍那样清谈误国的今日当权派们，依然推行投降路线，袖手高谈，不以复国之事为己任。这样的局面，让作者如何能坐得下去，如何能不激愤怨怒？

# 破阵子

## 为陈同甫赋壮词以寄之

醉里挑灯看剑,梦回吹角连营①。八百里分麾下炙,五十弦翻塞外声②。沙场秋点兵③。　　马作的卢飞快,弓如霹雳弦惊④。了却君王天下事,赢得生前身后名⑤。可怜白发生!

[注释]

①梦回:梦醒。吹角连营:号角声吹遍了军营。

②八百里:即八百里驳牛名。分:分食。麾下:部下。炙:烤肉。五十弦:古瑟用五十弦,此泛指军中乐器。翻:演奏。塞外声:带有少数民族风情的音乐。

③沙场:战场。点兵:检阅部队。

④的卢:一种烈性快马。相传刘备在荆州遇险,所骑的卢一跃三丈,越过溪涧,使之摆脱了追兵。霹雳:比喻射箭时的弓弦声。

⑤天下事:指恢复中原的事业。

[点评]

此词约写于作者与陈亮用《贺新郎》一调唱和之后不

久。题作"壮词"，但其实壮中含悲。它通过梦的形式，将自己盼望像青年时代那样跃马横戈于疆场、北伐成功的心理，表现得淋漓尽致。同时更以梦境作为映衬，反跌出自己报国无门的无限悲哀。这悲哀，他与陈亮是有着同怀之感的，所以，"为陈同甫赋壮词"的题目颇有意味。起句突兀而来，刻画了一位落魄英雄的形象。剑是英雄建功于疆场的宝器，而他只能在灯下醉眼蒙眬地看它。此处不用一个抒情的字眼，但描写却摄魂夺魄，蕴涵无限，于豪壮中已暗含悲凉意味。

与其他词作上下片分写二境或二事的通常结构不一样，此词下片紧承上文来描写战事。跑得飞快的良马和拉起来声如霹雳的良弓，是战争中的利器，充分表明了作者对于自由与取胜的渴望，渴望驱逐金寇、恢复国土。最后突然一个反跌，从热烈豪壮的梦中世界跌回凝重悲郁的现实世界。壮志难酬，悲愤万千。

这首词最主要的特色是在构思和对偶上，显示出作者炉火纯青的语言艺术功力。

# 清平乐

## 独宿博山王氏庵①

绕床饥鼠,蝙蝠翻灯舞。屋上松风吹急雨,破纸窗间自语②。　　平生塞北江南,归来华发苍颜③。布被秋宵梦觉,眼前万里江山。

[注释]

①闲居带湖之作。王氏庵:王姓的庵堂。

②自语:言窗纸被风吹破发出沙沙声。

③塞北:泛指北方地区。稼轩在归南前,最北到过金都燕京。归来:指罢官归隐。华发苍颜:头发花白,面容苍老。

[点评]

　　词人在隐居带湖时期,虽然对农村风光和自然风景都十分喜爱,但是,隐居者的生活与他的报国壮志相矛盾。他虽然经常以佛典道藏自解,但是也不足以开解心中的抑郁。一个风雨凄寒的秋夜,他一个人借宿在山中王姓的寒素庵堂里,百感交集,写下了这首词短意长的小令。

　　词的上片,以四个短句写透了山中茅屋内外丑陋荒凉景象。饥饿的老鼠绕床而走,公然觅食;丑陋的蝙蝠在围灯飞舞,阴森凄恻;松风冷雨呼呼、哗哗地响个不停;连糊窗的破纸也仿佛不甘寂寞,被风雨吹打得沙沙作响,如同在自言自语。这样荒凉丑陋的景象,都是稼轩这位铁血男儿的所见所闻,他居然就置身于这样的时空里。这里,尚未作一语书愤,然而请缨无门的悲愤已经灼然可见。

下片乃在此基础上正面抒情。从大处落笔,使尺幅含千里之势。"平生"两句,以"平生"和"归来"作对照,将一生塞北江南的壮伟行踪,将平生志在塞北江南的不凡理想,来与罢官闲居后华发苍颜的寂寞处境形成强烈对照,形成无比悬殊的感情势差,令人感受到其中极为愤慨、极为悲痛的力量。不得不袖手闲处的烈士之悲,在他的抚今思昔中被表达得那样深刻动人。结韵更点透这一无限悲慨的感情:当他在这样的秋夜,在这样荒寒寂寞之地从梦中醒来,眼前依稀还可以看见梦中的万里江山。这一韵,看似境界大变,奇峰突起,体现着词人胸怀天下、不计眼前困顿、不忘统一大业的伟男子的生命境界。但转头再一想,有这样一种生命境界的男子,只是归来在这样的秋风秋雨之中,所能为者也仅是书愤而已。这不也就使悲者更显得可悲了吗?

"打血管里流出来的都是血。"这首词,也是从作者血脉贲张的血管里喷泻出来的。它的境界至于凄厉,风格质朴而凝重,将一个失去报国机会的爱国者的失志丧时之悲,传达得沉郁苍凉之至。

# 水调歌头

## 送杨民瞻<sup>①</sup>

日月如磨蚁,万事且浮休<sup>②</sup>。君看檐外江水,滚滚自东流。风雨瓢泉夜半,花草雪楼春到,老子已菟裘<sup>③</sup>。岁晚问无恙,归计橘千头<sup>④</sup>。　　梦连环,歌弹铗,赋登楼<sup>⑤</sup>。黄鸡白酒,君去村社一番秋<sup>⑥</sup>。长剑倚天谁问,夷甫诸人堪笑,西北有神州<sup>⑦</sup>。此事君自了,千古一扁舟<sup>⑧</sup>。

[注释]

①约作于 1189—1190 年间,时稼轩闲居带湖。
②日月如磨蚁:《晋书·天文志》所载的一种观点。言日月就像是宇宙这个"大磨盘"上的两只"蚂蚁",磨盘飞快地向左旋转,蚂蚁虽然向右爬去,但仍不得不随着磨盘向左运行。浮休:喻生灭。
③雪楼:稼轩带湖居所的楼名。菟裘:借称隐居之所。
④岁晚:晚年。问无恙:(如果有人)问我安好否。
⑤梦连环:梦中还家。歌弹铗:用冯谖失志弹铗作歌事。赋登楼:汉末王粲因天下大乱而往依荆州刘表,失志而登江陵城楼,作《登楼赋》,抒其壮志难伸、怀乡思土的心情。

⑥村社:农村社日,即祭祀土地神的日子。有春社和秋社两祀。此指秋社。

⑦长剑倚天:宋玉《大言赋》:"长剑耿耿倚天外。"此喻杰出的军事才能和威武气概。夷甫诸人:像西晋清谈误国的王衍那样的人。

⑧此事:指抗金复土的事业。了:完成。"千古"句:用范蠡助越灭吴后泛舟五湖事激励杨建功后再归隐。

[点评]

　　这首送别杨民瞻失意归乡的词作,从静观宇宙的角度感慨人生的匆忙,因此也坚定了归隐之志。但他又将自己不死的神州之念转托给杨民瞻去实现,这就表现出他在闲适的心理状态下,不能完全忘情于西北失地的暮年烈士之心。

　　上片完全抒发自己在静观宇宙中所得到的生命感觉,他感到,在宇宙这个不停运转的"大磨盘"上,太阳和月亮不过像是两只徒劳奔走的"蚂蚁",万事万物也都不能逃脱生灭的命运。暗示人的渺小和无奈。岁月如檐外奔腾不息的流水,令人悲哀,不如归隐。

　　下片转入对杨民瞻的理解和期望这一面来。起韵连用三个短句连接三个典故,写杨因失意他乡而急不可耐的归乡情思。杨民瞻壮志难伸,自己一生的心血东流,全是因为执政者坚持高谈阔论、不思复国的投降路线,志在立功的壮士报国无门。作者说道:只有承担了复国伟业的人,将来功成身退,扁舟五湖,才能与范蠡的五湖弄舟相媲美。

# 水龙吟

## 过南剑双溪楼①

举头西北浮云,倚天万里须长剑②。人言此地,夜深长见,斗牛光焰③。我觉山高,潭空水冷,月明星淡。待燃犀下看,凭栏却怕,风雷怒,鱼龙惨④。　　峡束沧江对起,过危楼、欲飞还敛⑤。元龙老矣,不妨高卧,冰壶凉簟⑥。千古兴亡,百年悲笑,一时登览。问何人又卸,片帆沙岸,系斜阳缆?

［注释］

①殆写于福建任上巡视途中。南剑:宋时州名,州治在今福建南平。双溪楼:在南平城东,因有剑溪和樵川在此汇合而得名。

②西北浮云:喻中原沦陷。倚天长剑:宋玉《大言赋》:"长剑耿耿倚天外。"

③据《晋书·张华传》及王嘉《拾遗记》载,晋人张华看到斗宿和牛宿之间常有紫气,于是向雷焕请教。雷焕说:这是宝剑神光冲天,宝剑在江西丰城地区。于是张华派雷焕去丰城寻剑,果然得到两把宝剑,两人各得一把。两人死后,宝剑也先后失去,入于剑溪。光焰:即地下宝剑生出的紫气。

④燃犀：点燃犀牛角。传说燃犀照水，能使妖魔显形。鱼龙：指水中妖魔，喻朝中群小。惨：惨毒。

⑤此谓剑溪、樵川二水汇合后，奔腾欲飞，却被峡谷约束住，气势有所收敛。

⑥元龙：即汉代湖海之士陈登，登字元龙。此以元龙自喻。冰壶凉簟：一壶冷酒，一领竹席。

[点评]

这首登览之作，以南剑双溪里有神剑的传说为起兴，表明了自己亟待获得宝剑以雪国耻的爱国情怀，和这一理想事业受到朝廷投降派打击而不可得的悲愤，以及遭此黑暗时代不得已而归隐的悲凉心情。

上片写登楼所见所感。起句即写自己登楼遥望西北浮云，渴望得到一把扫清西北浮云的万里长剑。下韵接"剑"字而来，正好人们说南剑双溪的水潭里有宝剑，剑气在深夜上冲斗牛二星之间。在月明星稀的夜里，他放眼下视，只觉潭空水冷，一片平静空寂的景象，根本看不到人们传说中的宝剑。末韵把词人想要寻觅宝剑，可是又害怕妖魔太阴险狠毒的悲剧处境和悲愤心情传达了出来。

现实是如此冷峻，理想只能被扼杀。于是下片借景言情，转入对自己壮志难酬而不得已投老空山的悲凉心情的抒发。起句写远观近望江水所见。江水奔腾之势受到高山约束不得已的收敛，看起来是即景描画，其实却含有深意，表达了自己那一腔烈士之情，受到投降派的一再制约，不得已而收藏的悲凉。以下一韵，表面上承上文语意，表达自己放意江海的兴致，却隐含了他不得不退隐而终的悲凉。因为他既以"有天下志"的大丈夫陈元龙自比，又以"老矣""不妨"这些有叹息味道的词语自写，则携冷酒、睡凉席本不是他的心愿，其中悲郁难平的气息，如可触摸。以下一韵，正承登览题意，写自己登览所感。而他虚化历史价值、弱化历史意义的目的，是在为内心极为痛苦和动荡的自己，寻找平衡的办法。这是不能实现又渴望实现的他自己，在没有办法的情况下消解痛苦的办法。斜阳下系缆止步的行人，实际上是他对于时代和自己的象喻。

这首风格沉郁顿挫、劲气内转的词作，看起来是即景生情，写登楼眺望的感受。但是，无论是风雷鱼龙的想象，还是浮云长剑的联想；无论是潭空水冷的印象，还是峡束沧江的刻画，或者斜阳下系船止步的行人，都深有寓意，隐含感情。

# 鹧鸪天

有客慨然谈功名，因追念少年时事，戏作①

壮岁旌旗拥万夫，锦襜突骑渡江初②。燕兵夜娖银胡𬞟，汉箭朝飞金仆姑③。　　追往事，叹今吾。春风不染白髭须。却将万字平戎策，换得东家种树书④！

[注释]

①约作于庆元六年（1200），时稼轩罢居瓢泉。少年时事：指

青年时期的一段抗金经历。

②壮岁:少壮之时。拥万夫:率领上万名抗金义士。锦襜:锦衣。突骑:突袭敌军的骑兵。渡江:指南渡归宋。

③燕兵:北方兵,即义军。银胡䩮:银饰的箭袋,多用皮革制成。既用以盛箭,兼用于夜测远处声响。娖:通"捉",把握、整顿。金仆姑:箭名。

④万字平戎策:指他所上的《美芹十论》《九议》这些抗金复国的良策,这些策论都未得朝廷重视。东家:东邻家。种树书:研究栽培树木的书籍。

[点评]

　　辛弃疾被迫退隐之后,一向不敢轻易地言"功名"二字,生怕这两个字,会触碰自己无限的苦闷和愤懑,使自己难以承受。

　　词上片回忆了青年时代率众抗金的壮举。再现他率领万余义军抗金的飒爽英姿。枪林弹雨的战斗生活,正显英雄本色。

　　下片转写现在的闲居落寞处境,而将南渡以后努力欲有作为、却终于失败的经历,打入叹息之中,显示出英雄失志的悲凉。稼轩南渡之后,始终以北伐中原、建立英雄式的功名为事业。他曾经屡屡上书朝廷,从各个方面陈说他的抗金方略。凡是南宋统治者担心的问题,他都想到了,并为之筹划好了。可惜他所遭逢的是一个投降派当权的时代,这就注定了他没有出路。他不仅被频繁地调任,还动辄得咎,数次因谗害而被罢职,最终是老于林下,无所作为。

# 水调歌头

## 和马叔度游月波楼①

客子久不到，好景为君留。西楼著意吟赏，何必问更筹②？唤起一天明月，照我满怀冰雪，浩荡百川流。鲸饮未吞海，剑气已横秋③。　　野光浮，天宇迥，物华幽④。中州遗恨，不知今夜几人愁⑤？谁念英雄老矣，不道功名蕞尔，决策尚悠悠⑥。此事费分说，来日且扶头⑦。

[注释]

①马叔度：稼轩友人。月波楼：宋时有两月波楼，一在黄州（今湖北黄冈），一在嘉禾（今福建建阳）。不知词人所游为哪一个。

②西楼：此代称月波楼。著意：有意，专心。吟赏：吟诗赏景。更筹：古代夜间计时工具，此指时间。

③鲸饮吞海：像长鲸吞海似的狂饮。剑气：比喻志在建功立业的豪迈气概。

④物华：泛指美好景物。

⑤中州：指当时沦陷的中原地区。

⑥不道：不料。蕞尔：微小貌。决策：指北伐大计。

⑦扶头:即扶头酒,一种烈酒。又可兼指人的醉后状态。

[点评]

在秋夜清幽高朗的月色下,中年以后的词人与他的朋友马叔度一起,登上久未登览的月波楼对饮观景。他们沐浴在遍地浮动的月光下,觉得胸胆开张,豪情满怀;但一想到恢复之事犹遥遥无期,便不禁把一腔豪情转化为悲愤了。马叔度写下了一首《水调歌头》,作者追和词韵,也写下了一首足以体现他的跌宕奔腾主导风格的词作。

此词上片,写景中情,即以观景领起抒怀,着重体现作者豪迈慷慨的英雄气概。

下片开头,再次描绘夜月下景物的清美,俯察大地,好景在夜的背景下安宁幽邃,不禁又使怀抱家国之恨的作者,想起了那沦陷的土地。不知今夜有"几人"为丢失中州的遗恨而发愁?本来唾手可得的小小功名,如今在朝廷北伐决策遥遥无期的态度压制下,竟这样难以取得!借酒浇愁,表明自己心中的积愤积痛实在太深,不喝到扶头无以驱逐痛苦。

词在艺术风格上,兼有纵横驰骋和曲折跌宕的美感,显示出稼轩词的主导风格。在艺术上,词面明白易晓,但内蕴含蓄深沉,很耐寻味。

忧国伤时

朱丝弦断知音少

# 蝶恋花

## 月下醉书雨岩石浪<sup>①</sup>

九畹芳菲兰佩好。空谷无人，自怨蛾眉巧<sup>②</sup>。宝瑟泠泠千古调，朱丝弦断知音少<sup>③</sup>。　　冉冉年华吾自老，水满汀洲，何处寻芳草<sup>④</sup>？唤起湘累歌未了，石龙舞罢东风晓<sup>⑤</sup>。

[注释]

①闲居带湖之作。石浪：巨大怪石。
②此言美人佩兰虽好，却无人赏识，只有幽居深谷，自怨美貌。九畹：泛指田亩广大，语出屈原《离骚》。兰佩：以兰为佩饰。
③泠泠：指瑟音清越如流水。千古调：应是俞伯牙对钟子期所弹的高山流水之调。
④冉冉：渐渐。汀洲：水边平地。芳草：借喻理想。
⑤湘累：指屈原。石龙：即石浪。

[点评]

本词与《山鬼谣》同是游雨岩所作，若论其深层的意蕴，与借浪漫主义手法来曲折抒愤的《山鬼谣》还有几分近似。

不过本词纯是运用比兴手法并借用屈原《离骚》所用比兴意象写成,他在此抒发的遭受政治打击、缺少政治知音及年华空老的爱国者的悲痛,比之《山鬼谣》更集中。

此词起韵,即化用屈原《离骚》之意,来表达自己与被放逐的屈原相近似的情怀。他以佩兰植芳于空谷之中的美人形象,来形容自己的才高性洁,慨叹"众女嫉余之蛾眉兮"的屈原,怨自己因政治才能出色而遭到政敌的无情打击。他在这个年代所悲怨的,也正是屈原在自己的时代所悲怨的。遭遇着国家不幸而群小横行的相同政治时代,他们感受到同样的幽恨。

此词运用比兴方法,以兰佩、蛾眉、宝瑟、芳草的意象,来寄托自己的品格和理想,显示出与屈原等失败的爱国志士同感的倾向。

# 满庭芳

## 和洪丞相景伯韵

倾国无媒，入宫见妒，古来矕损蛾眉②。看公如月，光彩众星稀③。袖手高山流水，听群蛙、鼓吹荒池④。文章手，直须补衮，藻火灿宗彝⑤。　　痴儿公事了，吴蚕缠绕，自吐余丝⑥。幸一枝粗稳，三径新治⑦。且约湖边风月，功名事、欲使谁知？都休问，英雄千古，荒草没残碑⑧。

[注释]

①作于淳熙八年（1181）春，稼轩时在江西安抚使任上并即将罢任。洪丞相景伯：洪适字景伯，江西鄱阳人。他于乾道元年曾居相位，后被劾罢去。

②倾国：倾国之貌。见妒：被嫉妒。矕损：因为发愁而把眉形皱坏。

③"看公"两句：言景伯才冠当朝，众不可及，就像月亮的光辉远远掩过了众星一样。

④袖手：表示不干政事。高山流水：用伯牙、钟子期相知事，兼言以自然界的高山流水为知音。鼓吹：此言以蛙鸣声为乐曲。

⑤补衮：言补救、规谏君王的过失。"藻火"句：绘画水藻、火焰、宗彝于衮服上，使之益发光辉灿烂。比喻有辅君治国之才。

⑥"痴儿"三句，轻言自己虽已归隐，但仍关怀国事，常常咏志抒怀。痴儿：痴人。借《晋书·傅咸传》中语意自指。

⑦一枝：《庄子·逍遥游》中许由曰："鹪鹩巢于深林，不过一枝。"此指自己的隐居所。粗稳：初步安稳。三径：代指隐居者的家园。

⑧残碑：记载英雄业绩的残败了的墓碑。

[点评]

　　洪适是一个因为文学和家门声望快速升迁、又被众谏臣联手谏退的宰相。因做宰相时间短暂，并无什么建树。但在此词中，作者对这位富有文才而隐于江西的前辈，评价却不同一般。

　　词的上片，极力赞美洪适的文章人品和政治才能，并为他政治上的难堪遭遇致以强烈不平，写得热情焕然。洪适乃古来稀见的才士，古来才士皆有不幸的命运。洪适的出众才华如明月，如此不凡的人物，居然袖手归隐于山水间，以高山流水为知音，而听任群蛙在荒池里鼓噪。

　　下片转写自己的爱国忧国余情，并邀约前丞相与自己一起吟赏湖边风月，写得激愤宛然。自己因眷怀君国而感到无奈，不能忘怀国家大事。

　　值得注意的是，作者虽在上片为洪适抒怀，却是从自己的感受出发来写。所以，他写的洪适如果不够真实，也并不奇怪，他正要借洪适的遭遇，抒发自己才士见妒的牢骚呢！

# 水调歌头

## 九日游云洞,和韩南涧尚书韵<sup>①</sup>

　　今日复何日,黄菊为谁开? 渊明漫爱重九,胸次正崔嵬<sup>②</sup>。酒亦关人何事? 政自不能不尔,谁遣白衣来<sup>③</sup>? 醉把西风扇,随处障尘埃<sup>④</sup>。 为公饮,须一日,三百杯。此山高处东望,云气见蓬莱<sup>⑤</sup>。翳凤骖鸾公去,落佩倒冠吾事,抱病且登台<sup>⑥</sup>。归路踏明月,人影共徘徊<sup>⑦</sup>。

[注释]

①作于淳熙九年(1182),时稼轩罢居带湖。九日:农历九月九日重阳节。云洞:在上饶西三十里。韩南涧:韩元吉,号南涧。孝宗初年,曾任吏部尚书。主抗战。晚年退居信州,与稼轩游。

②胸次:胸间。崔嵬:犹言"块垒",指心中郁结不平。

③"政自"句:言不得不如此。典出《晋书·谢安传》,白衣指衙役小吏。据《续晋阳秋》:归隐柴桑的陶渊明重阳节无酒,在宅边东篱菊花丛下把菊而坐,时为江州刺史的王弘,派一白衣小吏送酒而来,渊明即与小吏对饮而各归。

④此言面对弹劾者的汹汹气势,词人唯以扇障尘。典出《世

说新语·轻诋篇》:王导以扇拂尘,说:"元规(庾亮的字)尘污人。"

⑤蓬莱:传说中海上仙山名,远望云气缥缈。

⑥翳凤骖鸾:乘鸾跨凤。落佩倒冠:衣冠不正,喻隐居狂放。抱病登台:杜甫《登高》:"百年多病独登台。"

⑦化用李白《月下独酌》:"我歌月徘徊,我舞影零乱。"

[点评]

这是作者于重阳节与友人出游并饮酒赏菊时的兴会淋漓之作。这首词虽然写到浓厚的友情,却将重心落在借陶写心上,表明了其胸中的森森块垒。

词虽为记游而写,上片却不直接写与朋友同游的情状,而是引渊明自比。他对渊明中藏块垒的心迹的理解,颇为深刻。看似写渊明,实即自写其志。尤其是末韵,用来比拟韩尚书面对政敌的熏人气焰而不为苟且的态度,颇为切合。

下片专就眼前重阳节的相知之乐来写。他写一日须饮三百杯,才配得上为韩尚书饮。他为韩尚书的得归仙班而高兴,也为自己的隐居无伴、抱病独登高台而伤感。结韵以想象中形影相吊的情景,将他年未免于孤独的担忧表达了出来。

# 千年调

## 蔗庵小阁名卮言,作此词以嘲之①

卮酒向人时,和气先倾倒②。最要然然可可,万事称好③。滑稽坐上,更对鸱夷笑④。寒与热,总随人,甘国老⑤。　　少年使酒,出口人嫌拗。此个和合道理,近日方晓。学人言语,未会十分巧。看他们,得人怜,秦吉了⑥。

[注释]

①约作于淳熙十二年(1185)左右,时稼轩闲居带湖。蔗庵:信州太守郑汝谐家的宅第名。卮言:郑家小阁名。取名于《庄子·寓言》:"卮言日出。"指人云亦云、破碎支离的话。后又作自己言论的谦辞。

②卮:古时一种酒器。装满酒时就向人倾倒,酒空时则仰面而立。

③此处用司马徽口不臧否人物事。《世说新语》注引《司马徽别传》:司马徽素有鉴才之能,但怕被鉴别的当权者加害于他。当有人请他鉴评当世人物时,他每每称"好"。其妻批评他有负人意,他说:"你说得也很好。"

④滑稽:古代斟酒器。鸱夷:古代的一种皮制酒袋。

⑤甘国老:即甘草。它味甘性平,能调和众药,故享有"国老"之称。

⑥秦吉了:一种鸟名。善于学人言语,本领胜过鹦鹉。

[点评]

这是一篇借题发挥、辛辣犀利的讽刺小品。讽刺的是南宋官场上毫无定见、人云亦云、只求保全自己而不顾国事成败的一大批社会蛀虫。

上片以"厄"为线索,以拟人手法,连串起滑稽、鸱夷、甘国老这三种特征相同的东西,来讽刺他所唾弃的那一类官场蛀虫。酒厄空时仰头,但装上酒以后就倾斜下来的可笑模样,让他想起官场中有一种人,见到上司就点头哈腰、笑脸逢迎的可耻样儿。"滑稽"是一种斟酒的壶,酒斟完了可以接着再倒进去,倒进去后可以接着斟,圆转灵活,毫无原则。"鸱夷"是盛酒的巨大皮袋,有弹性,能容纳。酒厄与滑稽、鸱夷同处并与后者相视而笑的精彩描写,写出了南宋官场多是毫无原则、善于逢迎、八面玲珑、舒卷随人之辈。

下片同样围绕着酒场来写,却容纳了自己的半生经验。自己少年时喝酒任性,不懂得机变和逢迎,所以话才出口,就被人嫌不好听,自己也不讨人喜欢。近日懂得了这酒场的和合道理。

全词虽寄托着深沉的感慨,但基本上处在讽刺的调子里。最后应该指出,被作者抨击的、在南宋官场上流行的苟且自保风气由来已久。由于统治者推行偏安投降路线、迫害主战派人士,从而助长了一大批官僚产生保禄位、全性命的思想,他们唯唯诺诺、对当权派卑躬屈膝,不以为耻,沉溺一气,整个官场风气显得庸俗、委顿不堪。这是志在报国有为、性格刚直不阿的辛弃疾所极为唾弃的。

# 沁园春

## 戊申岁,奏邸忽腾报谓余以病挂冠,因赋此①

老子平生,笑尽人间,儿女怨恩②。况白头能几,定应独往;青云得意,见说长存③。抖擞衣冠,怜渠无恙,合挂当年神武门④。都如梦,算能争几许,鸡晓钟昏⑤。　　此心无有亲冤,况抱瓮、年来自灌园⑥。但凄凉顾影,频悲往事;殷勤对佛,欲问前因⑦。却怕青山,也妨贤路,休斗樽前见在身⑧。山中友,试高吟楚些,重与招魂⑨。

[注释]

①作于淳熙十五年(1188)。"奏邸"句:传抄奏章的官邸忽然凭空生出我因病辞官的消息。按:稼轩于淳熙八年(1181)冬被劾罢官,自此闲居上饶已有七年。忽有"以病挂冠"之谣传,令人啼笑皆非。
②"老子"三句:言自己平生不以儿女恩怨为怀。意谓不计

较是被劾家居,还是引疾辞退。

③"况白头"四句:况且年事已高,理应归隐;荣华富贵,未必长存。独往:独自归去,指退隐。青云得意:指仕途青云直上。

④此化用《南史·陶弘景传》:陶弘景善于琴棋书画,未成年时就被引荐为诸王侍读。他虽身居显贵,却长期闭门杜客,后来挂官服于神武门,上表辞官离去。

⑤"都如梦"三句:一切如梦,争什么长短,论什么朝晚。

⑥亲冤:亲和仇。"况抱瓮"句:言年来自过田园生活。典出《庄子·天地篇》。

⑦前因:佛家以为凡果必有因。因果报应,虽未必在一时一地,然而毫厘不爽。

⑧青山:借言隐居生活。贤路:朝中"贤人"的升官之路。"休斗"句,反用唐代牛僧孺《赠刘梦得诗》:"休论世上升沉事,且斗樽前见在身。"斗:受用。见:同"现"。

⑨楚些:指《楚辞》。招魂:《楚辞》有《招魂》篇,此借喻招回田园。

[点评]

　　因病挂冠的误传,让闲居幽愤的词人感慨万端,啼笑皆非,于是作下了这首内涵丰富的词以正视听。无论是人间的恩恩怨怨,还是富贵功名,青云得意,在他眼中都可笑傲去面对。既然自己已经老去,独自归隐也是分所该当。人生如梦,无论有多少鸡虫得失,最后也不过是谁比谁多几个或少几个晨昏而已,而论到最后的归宿则无不同。

　　上片感慨虽是因邸报误报而起,但颇有从高处着眼、冷眼观世之意。如今自己内心澄澈,泯灭了亲仇的差别,现在只不过是个抱瓮灌园、纯朴无机的老人。他半真半假地说,自己虽然隐居于青山中,恐怕也妨碍那些"贤人"们的飞黄腾达,于是连只图杯酒自在的生活也不敢过了。

此词语言朴素无华,显示出散化的特征。抒情似显豁而暗藏机锋,耐人寻味,这就造成了他所特有的豪郁词风。词人既激愤于邸报的不实,内心分明勃郁;又甘心终老田园,看透人生如梦。既忧谗畏讥,又愤世嫉俗。这些矛盾的两方面同时被他拥有,使词旨显得相当复杂。


# 小重山

## 三山与客泛西湖①


绿涨连云翠拂空。十分风月处,著衰翁②。垂杨影断岸西东。君恩重,教且种芙蓉。 十里水晶宫。有时骑马去,笑儿童③。殷勤却谢打头风④。船儿住,且醉浪花中。

[注释]

①作于绍熙三年(1192),时在福建任所。三山:福州。西湖:福州西湖,在城东三里。

②十分风月处:风景最美的地方。衰翁:作者自指。

③水晶宫:形容西湖晶莹碧透,如同水晶宫般美好。笑儿童:
此用晋代山简醉后倒载而归,为儿童辈所笑事。典出《世说
新语·任诞》。
④谢:告诉。打头风:顶头风。

[点评]

　　作者在福建提刑任上,不仅未能实现自己用世建功的志
向,反而时时感受到他人的掣肘。于是在感到悲哀的同时,
不免颓唐,并因此而放逸于山水。

　　上片主要写三山即福州西湖的优美景象,但也透出作者
自己的颓放与悲哀。首句以连云的湖水、拂天的翠柳,极写
西湖的辽阔饱满、绿意醉人。自己虽得以住在风月最佳处,
却与这最美的风月景象不相称。"衰翁"一词,可见其颓唐
放逸的心情。"垂杨"一韵,接首句"翠拂空"而来,写自己领
受了"厚重"的君恩,在西湖无柳处补种芙蓉。此句写得外
示欢喜——因为君王恩重嘛,内藏悲怨——君恩若果然厚
重,何必要他这个一心渴望建功杀敌的英雄,以在西湖上种
芙蓉为事业!

　　下片赋写自己游湖的快乐,在快乐中也透出颓放之意。
首句承上文描写西湖之美的语句,再写西湖之美。此处是以
"水晶宫"的想象,赋予西湖以神仙幻境般的神奇之美。"有
时"两句,暗用晋代山简醉后倒载而为儿童所笑的典故,写
自己在此喝得酩酊大醉于是骑马归去时,不免为儿童辈所笑
的情景,用以形容自己像山简一样的颓放。结韵抒情写怀,
他说自己既然遭遇到迎面而来的逆风,那么就不再往前行
船,索性酣醉于这被风激起的浪花中。以"打头风"象征阻

碍他的政治力量,以"醉浪花"比喻自己的索性颓放,但也含有不为风浪所吓倒的意味。

全词用事浑化无迹,意境如同全为白描绘成,口语造就。因此神迹双清,余味隽永。


# 添字浣溪沙

## 三山戏作[①]


记得瓢泉快活时,长年耽酒更吟诗。蓦地捉将来断送,老头皮[②]。　　绕屋人扶行不得,闲窗学得鹧鸪啼。却有杜鹃能劝道:不如归[③]!

[注释]

①作于福建任所。

②《苕溪渔隐丛话》前集卷四十二载,北宋隐士杨朴被真宗征召至京师,其妻作送行诗曰:"更休落魄耽杯酒,且莫猖狂爱吟诗。今日捉将官里去,这回断送老头皮。"耽酒:沉溺于酒。

③鹧鸪啼声似云:"行不得也——哥哥!"杜鹃鸟啼声似云:"不如归去!"此借禽言写心。

[点评]

全词寓庄于谐,以自我调侃的口吻,写悲愤无奈的心情。

上片以过去和现在作对比。回忆在瓢泉隐居，可耽于酒，有兴吟诗，何等逍遥快活。自己到任后却陷入绝望。下片写自己现在被"断送"情形，衰颓、散漫、无聊：只不过绕屋而行，还需人扶，人扶且走不动。在窗下无聊，为解闷而学习鹧鸪啼叫，居然"学得"了。殊不知这里也是外示闲散而内藏悲愤。因为他暗用鸟语言怀：鹧鸪啼叫的声音如"行不得也——哥哥！"以此寄寓不仅抗金复土的事业被阻挠而行不得，而且即使在福建提刑任上，也还多处受到掣肘，寸步难行。鹧鸪已说了"行不得"，杜鹃再来劝他"不如归"。这就将他因寸步难行而归心复起的心思，写得活泼风趣，将悲愤打入幽默之中。

# 水调歌头

## 说与西湖客①

说与西湖客，观水更观山。淡妆浓抹西子，唤起一时观②。种柳人今天上，对酒歌翻《水调》，醉墨卷秋澜③。老子兴不浅，歌舞莫教闲④。　　看樽前，轻聚散，少悲欢。城头无限今古，落日晓霜寒。谁唱黄鸡白酒，犹记红旗清夜，千骑月临关⑤。莫说西州路，且尽一杯看⑥。

①本词原题为:《三山用赵丞相韵答帅幕王君,且有感于中秋近事,并见之于末章》。作于绍熙三年(1192)秋,时稼轩任福建提点刑狱。赵丞相:赵汝愚,曾帅福建。绍熙五年官至光禄大夫右丞相,时稼轩已罢闽任。丞相之称,殆后改。帅幕:帅府幕宾。末章:词的下片或结尾。西湖:在福州城东三里。客:指王君。

②淡妆浓抹西子:原是苏轼用以赞美杭州西湖的比喻,见其《饮湖上初晴后雨》。现稼轩借以赞美福州西湖。

③种柳人:指赵汝愚。他为闽帅时,曾疏浚西湖,并筑堤栽柳,故有此称。歌翻《水调》:以《水调歌头》的词牌来填词歌唱。此指赵原词。"醉墨"句:言醉中墨迹酣畅如秋水扬波。

④"老子"句:暗用庾亮登武昌南楼事。庾亮曾言:"老子于此兴复不浅。"事见《世说新语·容止》。

⑤黄鸡白酒:指隐居生活。

⑥西州路:指西州城。故址在南京朝天宫之西。此用谢安之事。谢安虽被朝廷重视,但退居东山之志始终不渝。后病笃求还乡。朝廷不许,诏其还京师。当他路过西州城门时,深感违志之痛。他死后,其甥羊昙无比悲伤,再不经西州门。见《晋书·谢安传》。此借言作者的违志逆意之痛。

[点评]

　　此词虽然头绪不少,但主要反映了作者深感福建提刑任无所作为、有违于本心的沉痛。作者故意采用反向抒情的状态,以自己的兴致很好,写出他心情的落拓。

上片把赵丞相、王君、自己串联起来，表明自己追慕曾在三山的赵丞相，劝慰向他表明苦闷的王君而一心要做西湖歌舞的观赏者。劝慰王君要想得开，会享受西湖的美。观水观山，甚至如能把美人西施唤醒，也要把她请来观一观，要像已经到"天上"即在朝为官、但曾在福建做过行政长官的赵丞相一样。"醉墨卷秋澜"一语以秋水扬波，来形容赵的原词写得酣畅淋漓。上片末韵，明结为对自己好兴致的形容和对赵在三山文兴的追步，暗示着他只能以不停的歌舞来排遣愁闷的意思。

下片以破除自己的岁月沧桑感和处处忧伤为主。歌舞饮酒的乐趣无限，而人间沧桑和岁月悠悠使人心寒。有意寻求解脱，然而振起难以为继。所以在篇末，他只好借"西州路"的典故，劝说王君不要绝意仕进，也代自己排解，要自己忘记了违心出仕的痛心，且尽饮杯中之酒。抒情写怀的明暗相济，形散神合，是此词最突出的特点。

# 水调歌头

## 壬子三山被招，
## 陈端仁给事饮饯席上作①

长恨复长恨，裁作短歌行②。何人为我楚舞，听我楚狂声③？余既滋兰九畹，又树蕙之百亩，秋菊更餐英④。门外沧浪水，可以濯吾缨⑤。　　一杯酒，问何似，身后名⑥？人间万事，毫发常重泰山轻⑦。悲莫悲生别离，乐莫乐新相识，儿女古今情。富贵非吾事，归与白鸥盟⑧。

[注释]

①被招：被招至临安。陈端仁：名岘，闽县人，时废职家居。给事：官名，即给事中。

②短歌行：原为汉乐府曲名，此借指本词。

③此叹息世无知音。楚舞：《史记·留侯世家》载刘邦安慰哭泣的戚夫人说："为吾楚舞，吾为若楚歌。"楚狂：春秋时楚国的一位佯狂不仕者，本名陆通，时人又称接舆。

④此处化用屈原《离骚》诗意，表明自己洁身自好、勤修美德美才的意思。滋、树：栽培，种植。英：花瓣。

⑤此出自《孟子·离娄》所载的《沧浪歌》："沧浪之水清兮，可以濯吾缨；沧浪之水浊兮，可以濯吾足。"

⑥《世说新语·任诞》载西晋张翰言："使我有身后名，不如即时一杯酒。"

⑦《楚辞·九歌·少司命》："悲莫悲兮生别离，乐莫乐兮新相知。"

⑧白鸥盟：与鸥鸟结盟。代指忘机归隐。

[点评]

绍熙三年（1192）冬天，在福建提点刑狱任上近一年的词人，被朝廷召往临安听命。一年来，他出仕时微弱的复土希望已经转为失望的苦闷，而他对当政者的梦想也完全醒来。这一次被召，将他以往借花鸟虫鱼以排遣和抒发的不平和失望，完全激发了出来。在朋友盛情为他饯行的宴会上，他裁长恨而为短歌，写下了这首感慨万千的《水调歌头》。

此词起韵将两个"长恨"相叠，表明了无比深长的失志之恨，使以下的内容完全笼罩在起端浓郁的悲剧气氛里。他以楚狂接舆自比，表明他与屈原相似的情怀和人格：想为国谋划出力而不可得，徒然为国家的前途和命运担心而无计可施，也表达出自己清洁高尚、不同流俗的人品和操守。唯有门外之水，可以清洗自己身上的尘埃。

下片首韵，进一步强调上片隐居之意，引用前人对于"一杯酒"与"身后名"的褒贬，表明自己也希望醉别世俗价值，而自求肉体享乐的心情。人间万事都是如此不公而可恨，经常把毫发细事看得很重，把无价值的事与人，看得有极重要的价值，而把泰山那样分量的大事、伟人，看得比毫发还要轻。那么,面对这个颠倒黑白的世界,词人唯一能做的,不就是抛弃它而去吗? 他对此表白道:自己本不以求富贵为目标,也不再留恋这黑暗的官场,将回归山水间,重与白鸥结盟。


# 鹧鸪天

## 三山道中①


抛却山中诗酒窠,却来官府听笙歌。闲愁做弄天来大,白发栽埋日许多②。   新剑戟,旧风波,天生余懒奈余何③? 此身已觉浑无事,却教儿童莫恁么④。

[注释]

①作于绍熙四年(1193)春。
②窠:此指隐居所。做弄:做出、玩弄。
③剑戟:两种古代兵器,比喻尖锐的官场斗争。
④儿童:指自己的儿辈。莫恁么:别这样。

[点评]

这是作者在离别三山、赴临安道上写下的词作。它十分真实地反映出作者因前景不测而后悔出仕的复杂心情。

上片起韵，作者用"抛却"和"却来"对照，明显地表现出对带湖与瓢泉山中那惬意的诗酒安乐窝的留恋，和对于"官府笙歌"即官场生涯的无兴趣。这一对于自己选择失措的不满和遗憾，启开了下文的抒情之门。"闲愁"一韵，以强烈的夸张，把自己在官场生活中所得的极度愁闷形容出来，并且以一日日增多的白发，来证实他的闲愁。这是他对这一段官场生活的总体感受。

下片转眼望将来，心情更是压抑。一方面表明了他不愿参与庸俗无聊的官场斗争的态度，一方面又表明他面对这样无聊的政治环境时心情的黯淡。末韵更把自己失志于当代、不希冀有什么作为的想法和盘托出。而这种没办法时的消极想法，又不能向他的儿辈说明，鼓励他们也采取自己一样的生活态度乃至于生活方式，因为他们的人生还没有展开呢。这种矛盾和隐痛，是一个认清了世局以后，处于两难之地的人所不能避免的。

# 行香子

## 三山作

好雨当春，要趁归耕。况而今、已是清明。小窗坐地，侧听檐声①。恨夜来风，夜来月，夜来云。

花絮飘零。莺燕丁宁。怕妨侬、湖上闲行。天心肯后，费甚心情②！放霎时阴，霎时雨，霎时晴。

[注释]

①坐地：坐着。地：助词。檐声：屋檐间滴水的声音。
②天心：上天之心。此借指朝廷。

[点评]

宋光宗绍熙五年春，作者正在福州知州兼福建安抚使任上。从去年冬天至现在，因为心情的郁闷和志愿的不遂等，他曾屡次上书求归，但是朝廷对他始终没有明确答复，这使他不免焦虑不安。他猜测朝廷政治气候的变化，对于君威难测深有感受。于是在清明节春雨未晴、风云不定的气候中，他写下了这首明志与抒愤的《行香子》。

词的起句，由"当春"到"况而今"，表明了他归隐之志的坚决和急迫。闲窗独坐所观之景,其实是用比兴法,含蓄地表明了自己对于朝廷迟迟不作答复的怀疑、忧虑和幽愤,表达的实是他对于朝廷反复变化以及自己受到谗言诽谤困扰的不能忍受。老天爷如果心意已决,又何必这样麻烦:一会儿阴,一会儿雨,一会儿又晴! 这里,他借清明时节江南天气阴晴不定的景象,责备"老天爷"的态度暧昧而犹豫。

全词基本上是采用比兴手法,借南方清明节时阴晴无定的天气变化,来形容朝廷政治气候的风云难定,和天子故意使君威不测以使人不安。措辞用语,隐隐传达出他对于当政者耍弄手腕的不耐和蔑视。

## 鹧鸪天

### 戊午拜复职奉祠之命①

老退何曾说着官? 今朝放罪上恩宽②。便支香火真祠俸,更缀文书旧殿班③。　　扶病脚,洗衰颜,快从老病借衣冠。此身忘世浑容易,使世相忘却自难④。

[注释]

①拜……命:领受……的命令。复职:恢复集英殿修撰之职。奉祠:主持福建武夷山冲佑观。

②放罪:解除罪罚。

③支香火:支领冲佑观香火钱。"更缀"句:言姓名复被列入旧日班行之中。

④《庄子·天运》:"使亲忘我易,兼忘天下难;兼忘天下易,使天下兼忘我难。"

[点评]

宋宁宗庆元四年(1198),二度被罢职的稼轩,正在瓢泉适应他清寂的晚年生涯。新当政的韩侂胄为了借抗金邀取时望,获得抗战派人士的支持,就对他们略施恩泽以示恩仪。稼轩也在被彻底褫夺官职禄位之后,再受命主持福建武夷山冲佑观。稼轩对此心情颇为复杂,他既怀有牢骚,又怀有前途难料的忧心。

起韵以"何曾"一语,直接表现了意外的感受,并在表面的感恩戴德之中,隐藏着对于天子恩"宽"的嘲戏,在嘲戏中又进一步隐含着牢骚之情:天子果真"恩宽",当年就不该将他罢职,更不该在其后褫夺干净他的禄位。如今做出一副"放罪""恩宽"的样子,又何必呢?一会儿宣布他有罪,一会儿又认为他无罪,则足见所谓有罪无罪,本来无所谓真伪,全依天子或当政者的好恶而定。接韵似客观叙写他奉祠复职的事情:从今可以支取寺观的香火钱了,真的是奉祠了,而且名字也确确实实地写在文书上,可以说归于旧日朝班行列了。但这与下片联系起来看,他显然对这样的情形不仅不感恩戴德,而且还有所不满。下片前韵,他写自己衰老病颓的样子,且连做官的"衣冠"都没有留下以备复出,而需要向别人借,则表明他从被夺走禄位之日起,就没有再次厕身官场的想法了。这一韵,把他的极度失望和愤愤不平都传递了出来。这不仅对于上韵有所交代和补充,同时为结韵抒感慨忧患之情打好了基础。结韵化用《庄子》的语意,表明了个人永远无法脱身于社会关注之外以及祸福难以预料的沉重感慨和深刻忧患。这就是全篇的主旨,是这场对于作者来说莫名其妙的"恩泽"加给他的真正精神反应。对于当政者的愿望而言,这是一个多么大的讽刺。

# 贺新郎

## 用前韵再赋①

肘后俄生柳②。叹人生、不如意事,十常八九③。右手淋浪才有用,闲却持螯左手④。漫赢得、伤今感旧。投阁先生惟寂寞,笑是非、不了身前后⑤。持此语,问乌有⑥。　　青山幸自重重秀。问新来,萧萧木落,颇堪秋否?　总被西风都瘦损,依旧千岩万岫。把万事、无言搔首⑦。翁比渠侬人谁好?是我常、与我周旋久。宁作我,一杯酒⑧。

[注释]

①作于庆元六年(1200)前后。

②此借《庄子·至乐篇》语意,叹息世事变化无常。柳:通"瘤"。

③此化用《晋书·羊祜传》:"祜叹曰:'天下不如意恒十居七八。'"

④淋浪:指开怀畅饮。

⑤此言人生的是非曲直,生前死后俱难以了结。投阁先生:指扬雄。据《汉书·扬雄传》:王莽称帝,扬雄误以为自己受到谶纬符命的牵连,于是从天禄阁上投下,几乎死去。但是京城对于他的这种行为,却传言道:"惟寂寞,自投阁。"

⑥乌有:乌有先生。是司马相如《子虚赋》《上林赋》中虚构的人物。

⑦搔首:思考貌。

⑧末四句:宁做独立不阿的我,决不屈志阿附别人。此用殷浩语,参见《鹧鸪天·不向长安路上行》注④。

[点评]

作者在罢居瓢泉时期,曾经与一些朋友以这个词调和这些韵脚相唱和,主要以陶渊明诗歌的意趣陶写心灵。这首词与上述词作于同一时期,但不再借陶诗写怀,而是借象写意,抒发人生失志的牢骚悲凉和不被世俗击垮、不与世情苟合的襟怀。

上片主要抒发对于人生不如意的牢骚悲凉。起句以肘后生柳(瘤)的典故,表明对于世事变化无常的感慨。

下片,他借象立意,把自己始终不变、独立不迁的精神风骨完全凸现,这就特别地教人珍惜他不因此而放纵颓唐的定力和品格。自己如同青山一般,无论外界发生什么变化,都不改变挺秀的精神特质。有这样的挺秀青山在眼,世间幸而还有让他解闷的风景。打听那独拔于世外的青山,在遭逢万木摇落的秋节能不能够承受山木脱落、举体消瘦的打击?青山即使被西风吹光了木叶,变得无比消瘦,也依旧是千岩万岫,气象万千,独立于天地之间。这不正是他面对人世无常的精神气韵的象征吗?他宁愿做一个耽于杯酒的闲散隐士,也不愿与那些官场人物周旋的态度,深刻地体现了他在"无常"和"无定"的痛苦中,也绝不屈己迎人、以猎取世俗享受和世俗声华的高尚情操。

# 卜算子①

千古李将军,夺得胡儿马②。李蔡为人在下中,却是封侯者③。　　芸草去陈根,笕竹添新瓦④。万一朝家举力田,舍我其谁也⑤?

[注释]

①约作于庆元六年(1200)。

②《史记·李将军列传》载:李广与匈奴战,敌众我寡,广重伤被俘。匈奴兵置广于绳网上,行于两马之间。广佯死,突然跃起夺得匈奴骏马逃脱。

③李蔡:李广堂弟。人品不过下中,功劳也远逊于李广,却得以封侯,位至三公。

④芸草:锄草。芸:同"耘"。陈根:老根。"笕竹"句:剖开竹子,使成瓦状,以作引水的工具。

⑤朝家:朝廷。

[点评]

　　本词是抒发作者自己不遇愤懑的作品,其中充满了对于当权者无能与昏昧的辛辣讽刺。

　　上片以李广和李蔡这两个才能和人品不可同日而语的汉朝人作比较,显示他的愤懑和讽刺。起韵挑选李广一生中最为惊心动魄的瞬间:他因寡不敌众而负伤并被匈奴俘虏,但他无畏无惧、智勇双全,"夺得胡儿马"之后回汉营收拾残部。像这样一位大将,理应受到重用与重奖了吧?可是并没有,他还被"罪"放闲。而李广的堂弟李蔡呢?虽然他的才能和人品都只能列入中下等,却偏偏得到重用,官至宰相,爵为列侯。

　　下片直接赋写自己的处境。前二句,写他力田的状况。一双能够抗金杀敌、治国平天下的手,如今竟然在锄草修房!这是极不合理的人才浪费!作者对于这不遇处境的感慨愤懑,通过平平的叙写传达了出来。结韵出以反语,说万一朝廷要选拔种田能手,除了我还有谁呀!一个有救国之才与热望的英雄之人,居然最终变成了一个种田能手!这种荒唐的错位,也正是对于南宋朝廷压抑、摧残栋梁之材的愚蠢行为的愤懑与讽刺。

⊙

# 卜算子<sup>①</sup>

　　万里笮浮云,一喷空凡马<sup>②</sup>。叹息曹瞒老骥诗,伏枥如公者<sup>③</sup>。　　山鸟哢窥檐,野鼠饥翻瓦。老我痴顽合住山,此地菟裘也<sup>④</sup>。

[注释]

①作于庆元六年左右。

②笮浮云:追蹑浮云。"一喷"句:言天马长嘶一声,天下凡马全显得黯然无光。

③曹瞒:曹操小名阿瞒。老骥诗:曹操《龟虽寿》有"老骥伏枥,志在千里。烈士暮年,壮心不已"句。枥:马槽。

④哢:啼鸣。痴顽:呆痴固执。菟裘:指隐居之所。

[点评]

　　这首力透纸背的抒情词,抒发的是具有天马才华的自己被迫退隐无为的失意之恨。

　　上片起韵写长天神马,神骏不凡。它在高天之上追蹑浮云,足行万里之远。当它喷鼻一响——尚无需发出嘶鸣,天下的凡马就统统黯然失色。此处"空"字最传神。这是多么难得的一匹天马!它象征着历史英雄的才力超群,壮志凌云!这种天马式的不凡人物即使到了暮年,也依然如曹操所写的老骥一样"志在千里"。但是，作为不遇的英雄，他们却被迫"伏枥"。下片专写自己的"伏枥"之悲，也就是专写隐居所遇。过片以山鸟和饥鼠不畏人而肆意啼鸣、翻瓦的意象，极写他居处的荒僻，而他的不满、不甘之情就寄迹其中。结韵转为无可奈何的自我开解，说自己既然又衰老、又痴顽，当然就只配住在山中了，这里还是个不错的隐居之地呢。颓唐中有操守，低迷中有风骨，这种失意才无愧于他的"神马"特性。

# 喜迁莺

## 谢赵晋臣敷文赋芙蓉词见寿，
## 用韵为谢①

暑风凉月，爱亭亭无数，绿衣持节②。掩冉如羞，参差似妒，拥出芙蓉花发③。步衬潘娘堪恨，貌比六郎谁洁④？添白鹭，晚晴时公子，佳人并列⑤。

休说，蓴木末；当日灵均，恨与君王别。心阻媒劳，交疏怨极，恩不甚兮轻绝⑥。千古《离骚》文字，芳至今犹未歇。都休问，但千杯快饮，露荷翻叶⑦。

[注释]

①闲居瓢泉之作。按：一本无"谢赵"及"敷文"四字。

②此言荷叶亭亭玉立，如绿衣使者持节而立。

③掩冉如羞：言荷花如同少女含羞，隐现于绿叶之间。参差似妒：言荷花参差低昂，似各怀妒意而争美斗艳。

④步衬潘娘：《南齐书·齐东昏侯传》："凿金为莲花，以贴地，令潘妃行其上，曰：'此步步生莲花也。'"貌比六郎：《新唐书·杨再思传》："张昌宗以姿貌幸，再思每曰：'人言六郎似莲花，非也；正谓莲花似六郎耳。'"按：张昌宗、张易之以美貌见宠于武则天，众人竞相献媚。时人呼张易之为五郎，张昌宗为六郎。

⑤"添白鹭"三句：言白鹭飞来与芙蓉为侣，犹如公子佳人并肩而立。按：称白鹭为公子，典出杜牧《晚晴赋》："白鹭潜来兮，邀风标之公子。"

⑥"休说"七句：化用屈原《九歌·湘君》："采薜荔兮水中，搴芙蓉兮木末；心不同兮媒劳，恩不甚兮轻绝。"屈原用此隐喻楚王亲佞远贤，疏远于己。稼轩则借以隐寄身世之慨。搴：拔取。木末：树梢。灵均：屈原字灵均。心阻媒劳：心有阻隔，媒使徒劳。交疏：交谊疏远。

⑦露荷翻叶：荷叶喻杯，叶上露珠喻酒，即一饮倾杯。

[点评]

　　此词起端即采用侧面烘染法，含蓄曲折地写出荷花的娇美动人。他把荷花放在朦胧摇曳的"暑风凉月"下，荷叶参差低昂，时而给人谦逊退避的感觉，时而又仿佛是在嫉妒荷花的美貌。下韵在借用被人们艳传的"步步生莲"和"莲花似六郎"的典故时，作者点铁成金，夺胎换骨，来表明她的高洁与不可夺志。

下片缘荷花而抒发自己忠心为国、却屡遭退黜的忧愤不平。起句一个短语，绾合屈原与自己，宣泄不为最高统治者所承认的痛心。他以一个屈原式的沉痛隐喻——芙蓉本是在水的花朵，而屈原却借爬上树梢去采摘她，来表明自己的赤胆爱国之忱，以及不为统治者所信任的愤恨。他所处的政治环境与屈原所处的没有本质的区别，屈原那些表现爱国与忧国之情的诗篇，自然也使他产生深深的共鸣。"芳至今犹未歇"，化用屈原自写其情操之美的诗句："芳菲菲而难亏兮，芬至今犹未沫。"时代虽然迁延，但屈原那爱国忧国的情操、独立不迁的人格却流芳至今。这是全词的高潮与华彩所在。结韵写道：这一切个人与时代的悲剧，还是都不要管了吧，我们只可寄情于酒，痛饮千杯。露水在荷叶上的倾覆，与他们以荷叶杯尽情倾饮美酒的豪中之悲，被寥寥数语写出。

# 贺新郎

## 韩仲止判院山中见访，席上用前韵<sup>①</sup>

听我三章约：有谈功谈名者舞，谈经深酌<sup>②</sup>。作赋相如亲涤器，识字子云投阁<sup>③</sup>。算枉把、精神费却。此会不如公荣者，莫呼来、政尔妨人乐<sup>④</sup>。医俗士，苦无药<sup>⑤</sup>。　　当年众鸟看孤鹗。意飘然、横空直把，曹吞刘攫<sup>⑥</sup>。老我山中谁来伴？须信穷愁有脚。似剪尽、还生僧发<sup>⑦</sup>。自断此生天休问，倩何人、说与乘轩鹤？吾有志，在丘壑<sup>⑧</sup>。

[注释]

①韩仲止：号涧泉，韩元吉之子，颇有诗名，时居信州。

②三章约：约法三章。稼轩所约法三章者，为禁止谈功、谈名、谈经。

③司马相如和扬雄俱有失意之恨。相如亲涤器：《史记·司马相如传》言相如到成都，卖尽车骑，买一酒垆与卓文君卖酒。"相如身自著犊鼻裈，与庸保杂作，涤器于市中。"子云投阁：参见《贺新郎·肘后俄生柳》注⑤。

④公荣：即刘公荣。《世说新语·简傲》：王戎弱冠诣阮籍，

时刘公荣在座。阮谓王曰："偶有二斗美酒，当与君共饮，彼刘公荣者无预焉。"……或有问之者，阮答曰：'胜公荣者，不得不与饮；不如公荣者，不可不与饮；惟公荣，可不与饮酒。

⑤苏轼《于潜僧绿筠轩》："人瘦尚可肥，士俗不可医。"

⑥众鸟：凡庸之众。孤鹗：自指。鹗：一种猛禽，常喻英才。曹、刘：曹操与刘备。

⑦此言老来孤独，更兼穷愁缠绕。

⑧"自断"句：杜甫《曲江》之一："自断此生休问天，杜曲幸有桑麻田。"乘轩鹤：喻指无功受禄的朝廷贵人。丘壑：隐者所居。

[点评]

　　庆元六年(1200)，前吏部尚书韩元吉的儿子、辞官归隐于信州的诗人韩仲止前来拜访稼轩。稼轩设宴款待了他，并在酒席上填写此词，既抒发功名无成、事业不遂的郁愤，又表明自己志在丘壑的怀抱。

　　上片表明对于妄谈功名儒术的俗客的鄙视和鄙弃功名富贵的高士风节。他借用杜甫诗歌中对于西汉两大辞赋家司马相如和扬雄命运的慨叹，表明了与失志的杜甫一样的感慨：怀才者终不遇。他主张比不上刘公荣的俗辈不要唤来聚会，免得他们贪吝鄙俗的德行和话语，妨碍了席上的欢乐气氛。

　　下片主要抒发英雄迟暮的感慨和不甘同流合污的心志。过片二韵，由眼前转入回忆，借雕鹗自比，把自己当年如同雕鹗一般刚猛不群、足以为万人敌的雄风凸现出来，并且以一个"看"字，传出了自己当年众望所归、志在必得的风采。他虽处于江南一隅，但有决心复土、志在必得。在现实中，自己不过是孤处山间的寂寞老人，没有朋友，没有声名，也始终没有机会去实现自己吞曹擭刘的壮志。"穷愁"像生了脚一样，寸步不离地跟随他，是他摆脱不了的情状。"自断"以下，一笔振起，挥斥老天，藐视和嘲笑那些无功而受禄的"乘轩鹤"们，表现了老而未衰的勃勃英气。他要自己决定命运，他宁愿身处山林丘壑间，也不与彼辈同流合污。

## 瑞鹧鸪

### 乙丑奉祠归，舟次余干赋①

江头日日打头风，憔悴归来邴曼容②。郑贾正应求死鼠，叶公岂是好真龙③！　　孰居无事陪犀首，未办求封遇万松④。却笑千年曹孟德，梦中相对也龙钟⑤。

[注释]

①舟次：舟船停泊。余干：县名。县址在饶州南部百二十里。

②打头风：顶头风。邴曼容：西汉人。《汉书·两龚传》说他养志自修，为官所取俸禄不肯超过六百石，一旦超过，就自动免去。此处稼轩以邴曼容自况。

③此以"郑贾求鼠"和"叶公好龙"二事，讽刺南宋执政者但

求抗金用人之名,不务抗金用人之实。郑贾求鼠:《战国策·秦策》:郑人称未经雕琢的玉为"璞",周人称未经晒干的鼠为"朴"。周人怀"朴"过郑贾处,郑贾本想买"璞",但见是"朴",遂罢。

④犀首:即战国时魏国公孙衍。据《史记》的《犀首传》和《陈轸传》,陈轸见犀首,问道:"公何好饮也?"犀首答道:"无事也。"孰居:即久居。"未办"句:言没有取得封侯的赏赐,却先接纳万松为友。

⑤曹孟德:曹操字孟德。龙钟:衰老貌。

[点评]

宋宁宗开禧元年,做镇江知府才一年的辛弃疾,又再次被罢官。他由镇江回家的路上,追思自己这一次出仕的经历,真正理解了当政"叶公好龙"的心态,从此断了出山用世的念头。本词就是在这种既悲哀又解脱的心态下写成的。

上阕写归来时的感受。起句直写自己乘船归去,而赋中有比。他以自己船行所遇的打头风,隐喻自己的仕途坎坷。接句以汉代邴曼容自况,虽然作者的被罢官与曼容的辞官不同,但两人也有相同处:都为官不高,都不肯放弃精神自洁。作者在以曼容自拟时,又以"憔悴"写失意之情,则他与曼容有所不同可以明见。三四两句,反用郑贾求"璞"(未经雕琢的玉石)得"朴"(未经晒干的老鼠)的典故,正用"叶公好龙"的典故,表明他对当政者起用他但又不打算真正任用他的心态的透察。

下阕写归去后的打算。过片一句,借用典故写自己今后隐居无事,唯以招邀酒伴同饮为事。自己还没有来得及取得封侯的功名,却再次归隐田园,接纳万松为友。最后两句,言当年那个写过"老骥伏枥,志在千里"的曹操。如果自己能再次梦见他,恐怕他也不再是一个壮怀不已的老英雄,而是与我一样衰老龙钟了。他对曹操形象的这一"改造",一是有自比于曹操的"老骥"之意,二是有自嘲老骥无为、衰老龙钟之情。

全词主要的艺术特色,一是大量用典,用得虽不免于晦涩,但若领会其意,则能发现他用得很精到。二是以议论笔法抒情,而又能给人情感饱满、笔墨饱酣的印象。

# 鹧鸪天

## 不寐①

老病那堪岁月侵,霎时光景值千金②。一生不负溪山债,百药难治书史淫③。　　随巧拙,任浮沉。人无同处面如心。不妨旧事从头记,要写行藏入《笑林》④。

[注释]

①作于归隐瓢泉时期。

②光景:即光阴,时光。

③不负溪山债:意谓遍游名山胜水。书史淫:嗜书入迷。

④《笑林》古代专门记载人物笑话的书。

[点评]

此词上片自我抒怀。首韵点题,又表明他因老病而更加珍惜岁月,而岁月的流逝又给他带来了更多的衰老和病痛。这是典型的老年人心态。"那堪"一词,下得沉痛。第二韵,对仗工整,勾勒了词人一生未遇的经历,却又是以这样的风流高格调写出来,显得从容娴雅。"一生"句写得尤好,它是脱口而出的快句子,却涉笔成趣,很生动,很有滋味。下片转写庸人丑态,潜意识中有以彼辈与自己对照之意。过片先是用两个偏意短句,表明作者对他们的不屑。"巧拙"取庸人的巧佞这一面,"浮沉"取庸人的得意这一面,而"随"与"任",则有任凭彼风派人物如何因巧佞而得意的意思。但其实词人心中已经积聚起了对彼辈的鄙视。他调用典故来强自化解郁愤,说世间之人的性情,正像他们的面貌一样,千差万别,不必也不能强求一律。其实这并不是作者对于世人个性差异的评价,而重在表明庸人辈的机巧,与自己的刚正一样,是不可改变的。自己不妨把他们的平生行事从头回忆,把他们补充到前人所写的丑人丑事讽刺小品集——《笑林》之中去。

本词措辞明快,涉笔成趣,以诙谐戏谑的口吻,表现词人一生的不遇。又以辛辣嘲讽的口吻,入木三分地刻画了当时政坛上春风得意的庸人的丑态。

# 贺新郎

## 邑中园亭<sup>①</sup>

甚矣吾衰矣<sup>②</sup>！怅平生、交游零落，只今余几？白发空垂三千丈，一笑人间万事<sup>③</sup>。问何物、能令公喜<sup>④</sup>？我见青山多妩媚，料青山、见我应如是<sup>⑤</sup>。情与貌，略相似。　　一樽搔首东窗里，想渊明、停云诗就，此时风味<sup>⑥</sup>。江左沉酣求名者，岂识浊醪妙理<sup>⑦</sup>？回首叫、云飞风起<sup>⑧</sup>。不恨古人吾不见，恨古人、不见吾狂耳<sup>⑨</sup>。知我者，二三子<sup>⑩</sup>。

[注释]

①本词原题为:《邑中园亭,仆皆为赋此词。一日,独坐停云,水声山色,竞来相娱,意溪山欲援例者。遂作数语,庶几仿佛渊明思亲友之意云》。此罢居瓢泉之作。邑:指铅山县邑。仆:自我谦称。此词:指《贺新郎》词调。停云:停云堂。意:猜度,料想。援例:依照前例。指以词赋邑中园亭事。"庶几"句:差不多像渊明"思亲友"之作的意思。

②甚矣吾衰矣:《论语·述而》记孔子语:"甚矣吾衰矣,久矣吾不复梦见周公。"

③"白发"两句：岁月蹉跎，白发徒长；人间万事，唯一笑了之。

④"问何物"句：设问，而今什么东西能博得您的喜爱。

⑤妩媚：形容青山秀丽美好。

⑥一樽搔首东窗里：化用陶潜的《停云》诗："静寄东轩，春醪独抚。良朋悠悠，搔首延伫。"搔首：挠头，烦极貌。就：成。

⑦"江左"句：指南朝的那些名士清流。浊醪：浊酒。

⑧云飞风起：暗用刘邦《大风歌》诗句："大风起兮云飞扬，威加海内兮归故乡，安得猛士兮守四方。"

⑨"不恨"句：袭用南朝张融语："不恨我不见古人，所恨古人不见我。"（《南史·张融传》）狂：指愤世嫉俗的狂态。

⑩二三子：借用孔子对其学生的称谓，指少数几个知心朋友。

[点评]

这首为他自己在瓢泉所造"停云堂"而作的题词，是他的得意之作。词主要写思亲友和饮酒两方面，但又添进山水情趣，借以抒发自己年华空老、壮志未酬以及知音难求的孤寂和激愤，而宁愿放情山水、也不愿追逐世俗名利的节操，也得以从中凸现。

上片从"思亲友"起端，主要抒发年老无成、知音难觅的孤寂和苦闷，同时表明他寄情山水的怀抱。政治理想不得实现却徒然衰老，平生交游零落，壮志难酬；多少不如意的人生苦闷一笔排开。他觉得青山是妩媚可意的，更猜想青山也同样觉得他是妩媚可心的。唯有青山，才与自己在不屈的性格和纯洁的面貌上相似，堪称自己的精神知己。

下片以"饮酒"寄意，进一步抒发自己知音难遇的孤寂，并着重表现他不求世俗名利的高尚节操和不合当时的疏狂个性。过片借像陶渊明那样饮酒解忧,来暗示自己类同渊明的精神品质和感情状态。陶渊明饮酒解闷,是因为良朋不至,词人在停云堂上饮酒,也有此意。那些借饮酒猎取名声的"江左名人",虽然也模仿贤士的狂饮,但根本就不懂得,饮酒对于像陶渊明和作者自己这样的高洁之士来说,不是寻求名利富贵的幌子,而是保持精神清洁的手段,是化解心中无边寂寞和痛苦的方法。

仕隐两难

# 蛾眉曾有人妒

# 水龙吟

## 登建康赏心亭①

　　楚天千里清秋,水随天去秋无际②。遥岑远目,献愁供恨,玉簪螺髻③。落日楼头,断鸿声里,江南游子④。把吴钩看了,栏杆拍遍,无人会,登临意⑤。　　休说鲈鱼堪脍,尽西风、季鹰归未⑥?求田问舍,怕应羞见,刘郎才气⑦。可惜流年,忧愁风雨,树犹如此⑧!倩何人,唤取红巾翠袖,揾英雄泪⑨。

[注释]

①此词或云作于乾道六年(1170)任建康通判时,或云作于淳熙元年(1174)任江东安抚使参议官时。

②楚天:泛指南方的天空。

③遥岑远目:纵目远山。献愁供恨:显示出愁恨的样子。玉簪螺髻:言群山秀丽如美人头上的碧色玉簪和螺形发髻。

④断鸿:孤鸿。

⑤吴钩:古代吴国铸造的弯形快刀,此泛指刀剑。看吴钩有希求驰骋沙场、建功立业之意。会:理解。

⑥反用张翰弃官南归之意。据《世说新语·识鉴》载,吴人
张翰(字季鹰)在西晋都城洛阳做官,一日见秋风起,因思吴
中莼菜羹、鲈鱼脍,遂弃官南归,并说人生贵在适意,不在名
爵。脍:切细的鱼、肉片。

⑦此用刘备呵斥许汜故事。据《三国志·陈登传》载,许汜
见陈登,陈登久不与语,且使许汜睡小床,而自己自卧大床。
许汜向刘备诉苦。刘备责备他说:"君求田问舍,言无可采,
是元龙(陈登字)所讳也,何缘当与君语!如小人,欲卧百尺
楼上,卧君于地,何但上下床之间耶!"刘郎才气:指刘备的
胸怀气魄。

⑧树犹如此:《世说新语·言语篇》载,晋朝桓温北伐,途经
金城,见当年手种柳树已有十围之粗,感慨道:"木犹如此,
人何以堪?"

⑨倩:请。红巾翠袖:代指歌舞女子。揾:擦拭。

[点评]

　　辛弃疾二十二岁就举兵抗金,次年又以五十骑人马直闯
敌营,生擒叛徒张安国而率部南归,他是何等英雄的人物!
但南归之后,却一直未受重用,长期辗转沉沦于州县,满腹经
纶无法施展,这就不免使他产生依人作客、江南游子般的不
遇之感了。这首词,就抒发了他登览赏心亭时复杂而郁愤的
心情。

　　上片写景为主,而在景物中融会了作者的"游子之悲",
境界雄浑而不失清丽。茫茫江水,韶秀山光。写山的美丽,
以美人头上的"玉簪螺髻"为比喻,真有举重若轻、巧夺造化
之力的奇情。然而,这样妩媚多姿的江山,在他的眼中,却成

了"献愁供恨"的对象,不免令读者在惊奇之后,意识到作者心中的郁积与愁苦有多浓——浓到见山则情满于山的程度。登览眺望时的无边乡愁,日暮途穷的前程感念,报国无门的苦闷,知音乏人的深深寂寞,都被包裹在一个"意"字里。

下片连用三个典故,曲折而又确凿地抒发了自己进不能、退不愿、苟且不得、不忍又只能任凭岁月如流的痛苦心情。本词在情调上,融豪气与浓情为一炉,而接近于当年"拔山盖世"的英雄项羽所唱的《垓下歌》了。这首词的主要特点,一是在风格上于豪放中兼融沉郁,一是在手法上采用含蓄曲折的抒情方法。


# 摸鱼儿

## 淳熙己亥①


更能消、几番风雨②?匆匆春又归去。惜春长怕花开早,何况落红无数。春且住!见说道、天涯芳草无归路。怨春不语。算只有殷勤,画檐蛛网,尽日惹飞絮③。　　长门事,准拟佳期又误。蛾眉曾有人妒。千金纵买相如赋,脉脉此情谁诉④?君莫舞!君不见、玉环飞燕皆尘土⑤?闲愁最苦。休去倚危栏,斜阳正在,烟柳断肠处。

[注释]

①本词原题为:《淳熙己亥自湖北漕移湖南,同官王正之置酒小山亭,为赋》。作于淳熙六年(1179)春,时将由湖北任改调湖南任。漕:漕司:宋时主管漕运的官吏。王正之:名正己。稼轩湖北任上同僚。小山亭:在湖北转运使官署内。

②消:经得起。

③"算只有"三句:算将起来,只有画檐上的蜘蛛网,尽日沾惹些柳絮,似留得少许春色。

④"长门"五句:用陈皇后事,自比遭人嫉妒、大业难成的痛心。据《文选·长门赋序》:陈皇后失宠于汉武帝,幽居长门宫,闻司马相如善于作赋,于是以千金请其为己作《长门赋》。汉武帝读后被感动,于是陈皇后再度得宠。蛾眉:代指美人,比喻爱国志士。

⑤玉环:唐玄宗宠妃杨贵妃的小字,杨贵妃后死于马嵬兵变。飞燕:汉成帝宠爱的赵皇后。失宠后废为庶人,自杀而死。皆尘土:归于尘土。

[点评]

词上片表现伤春之情。此处"伤春"作为一个比兴意象,具有两个方面的寓意。第一,它寄托着作者的"美人迟暮"之感,也就是一再遭受政治风雨的打击而失去良辰、失去前途的无限痛心。第二,若是从它的深层寓意上看,则寄托着作者对状若花残春尽、江河日下的南宋国势的极度忧心和欲哭无泪的悲哀。作者从惜春、留春、怨春等层次来抒发伤春的感情。他把春天当成是有灵的对象,斑它说:听说现在遍天涯都是芳草芊芊,春天啊,假如你只顾归去,会为此迷失道路。春天还是不交一语地匆匆走了。剩下的只有怨:怨春去人间,只有蜘蛛织网、沾惹飞絮的萧条景象——在蜘蛛,可能以为粘住了飞絮,多少还能留住春天的影子吧,所以那么忙忙碌碌。

下片开头,就"美人迟暮"的意思拓进,写美人遭妒的幽愤和沉冤莫告的痛苦——美人遭妒。作者借用被打入冷宫的陈皇后为自喻,以专宠于一时的赵飞燕、杨玉环作为阻挠他的大业、而正得意的政敌的比喻,写尽怀才不遇的政治苦闷。千金买相如赋而此情难诉。词锋直指妒蛾眉者,以玉环、飞燕两个君王宠妃的下场,来诅咒谗害他的当权小人的下场。"闲愁最苦",语短情多,沉郁之至。在这里,"闲愁"是作者因不能有所作为而生的生命之愁,是眼见国运如此却无法挽回的国事之愁——这是沉甸甸的愁苦。

# 阮郎归

## 耒阳道中为张处父推官赋[①]

山前灯火欲黄昏。山头来去云。鹧鸪声里数家村。潇湘逢故人[②]。　　挥羽扇,整纶巾。少年鞍马尘[③]。如今憔悴赋《招魂》。儒冠多误身[④]。

[注释]

①作于淳熙六七年间(1179—1180),稼轩时在湖南任上。未阳:即今湖南耒阳县。推官:州郡所属的助理官员,常主军事。

②此处袭用梁朝柳浑《江南曲》语:"洞庭有归客,潇湘逢故人。"故人:指张处父。

③羽扇纶巾:手执羽毛扇,头戴青丝带做成的帽子。这是魏晋时代儒将的装束。鞍马尘:指驰骋战马。

④《招魂》:《楚辞》篇名,或谓宋玉悼屈原之作,或谓屈原悼楚王之作。此谓缅怀往昔,自我招魂。"儒冠"句:袭用杜甫《赠韦左丞丈》诗句:"纨绔不饿死,儒冠多误身。"

[点评]

此词上片写景,点明张处父时已归隐于"数家村"里。起韵写黄昏景致,以山为中心,描绘出山上山下的行云灯火,点出逢故人的地点。接韵先以鹧鸪声点出逢人的时间是在暮春。同时,鹧鸪声兼有渲染情调气氛的作用。因为在古人的感觉里,它的鸣叫是悲哀的。

下片抒情。他不直写遇见张处父时的震撼,而转写回忆中的张处父形象。以"挥羽扇,整纶巾"写他的潇洒风流,以"少年鞍马尘"写他在军中的勃勃英姿,暗示他应该具有美好的前途。然而结韵以一语"如今"掉笔直下,写他容颜憔悴,在这"数家村"里像被流放到荆湘之间的屈原一样,满怀幽怨地赋写《招魂》。最后一句,直接取用杜诗,下得短促急迫,因而比其在杜诗中,更为感慨沉咽。

# 洞仙歌

## 开南溪初成赋①

　　婆娑欲舞,怪青山欢喜②。分得清溪半篙水。记平沙鸥鹭,落日渔樵,湘江上风景,依然如此。

　　东篱多种菊,待学渊明,酒兴诗情不相似③。十里涨春波,一棹归来,只做个、五湖范蠡。是则是、一般弄扁舟,争知道他家,有个西子④?

[注释]

①约作于淳熙十年(1183)秋,时稼轩罢居带湖。南溪:当是稼轩园林中新开辟的一条溪水。
②溪水初来,青山欣喜欲舞。婆娑:翩翩起舞貌。
③谓愿学渊明种菊,但情怀不相似。
④"十里"六句,用范蠡助越灭吴、载西施泛舟五湖事。

[点评]

　　这是作者第一次罢归带湖时的思想写照。此词上片写景。他因这有水有山的带湖周围环境,想起了湘江上近似的风景。平沙鸥鹭,落日渔樵这一组静美的细节,他依然能够回忆出来,则他对于湖南生活的留恋也就可想而知。

下片抒情。他先写自己打算向隐居九江的前代高士陶渊明学习,在自己的东篱下多种些菊花,做采菊把酒的隐士。可是又觉得,自己现在无论是饮酒还是写诗,其中所要寄托的感情都不与陶相似。他这时是把陶渊明看成是一个道家思想的继承者:不要功名,浑然忘世,陶醉于饮酒,并以诗表达返璞归真的哲理。而他自己,却是不能忘怀自己的复国壮志。他以调侃的口吻,表明了他和范蠡之间也有不同:尽管他们都在"弄扁舟"而归隐江湖,但范蠡是功成身退,且有美人西施相伴,自己却是壮志未酬,而且身边连个红颜知己也没有。在这诙谐的语调中,他大事未成的不甘心与苦闷,浓得如那半篙深、十里长的南溪水,令人触手可及。


# 丑奴儿①


少年不识愁滋味,爱上层楼。爱上层楼。为赋新词强说愁。而今识尽愁滋味,欲说还休。欲说还休。却道天凉好个秋。

[注释]

① 居带湖之作。

[点评]

这首言愁之作,写得明白如话,然而语浅意深,写出了词人饱经忧患、难以言说的至深人生感慨。

上片写过去。写少年时代为赋新词登楼觅愁、无愁说愁的憨稚情态。下片则转向现在。从"不识愁滋味"到"识尽愁滋味"一字之差，却涵藏了二十多年宦海生涯的痛楚经验。与"爱上层楼"时代无愁觅愁的幼稚相比，现在则是"欲说还休"，想倾诉又倾诉不出来，难以用语言来表达。

全词采用对比式结构和吞咽式抒情，妙在以不言言之。这比那种历历陈说的言情，包孕更深广。而且在美学效果上，也余味更深长。

值得注意的是，本词虽然通篇言说的是一个"愁"字，然而，上片中"为赋新词强说愁"的"愁"，与"不识愁滋味"的"愁"，及"识尽愁滋味"的"愁"并不是一回事。前一个能被少年赋出来的"愁"，是指生命的闲愁和爱情的相思之类，中国文学史上向来不乏这样的篇章，因为这是为平常人所易感者。后一个"愁"，才是我们在上文中剖析的含蕴丰富的愁情，那是唯大英雄才能感受的愁。两者之间在质量和重量上，都不可同日而语，对于作者而言尤其如此。所以他才以一句"不识愁滋味"一笔否定前愁。

# 丑奴儿①

　　此生自断天休问,独倚危楼②。独倚危楼,不信人间别有愁。　　君来正是眠时节,君且归休③。君且归休,说与西风一任秋。

[注释]

①此当为闲居带湖之作。

②杜甫《曲江》之一:"自断此生休问天,杜曲幸有桑麻田。"

③此句谓我正酒醉入梦,君且暂归。《宋书·陶潜传》谓渊明旷达狂放:"贵贱造之者,有酒辄设。潜若先醉,便语客:'我醉欲眠,卿可去。'"

[点评]

　　此词起句化用杜甫"自断此生休问天"的诗句,但略加改换,就更加分明地表现出挥斥老天的豪情与胆气,比杜诗写得更激越而"张狂"。接句突然停顿抒情,而出之以一个危楼独立的孤独者形象。这一形象含意丰富,因为古代诗词语境中的倚楼者,多是精神上既痛苦又孤独的人,多是不得遂志的失望之人。而作者的时不我待、壮志难酬之恨特别深沉热烈。但是,在一个"独倚危楼"的重叠之后,他却以强行扭转的语气,生生地说出了不相信人间还有什么愁恨的话。

但在"不信……别有"中,其实也包含了"不相信此外另有"的意思。

下片虽然境界转换,但依然是统一在上片造出的情调之中。起韵借典故而融事实,用陶渊明的狂放不守礼,来展现自己倔强到底、"张狂"旷达的襟怀。"君且归休"一语,逃避别人的安慰与打搅,自放于孤独寂寞之境,而以醉眠为事。最后一韵,又直接对着西风放言,随便它怎样消耗华年,他再也不会因为华年被废、秋景萧疏而引发生命的愁情了。语直意隐,辞气刚烈。

本词语浅意深,言近旨远,留给读者想象与再创造的审美空间极大。


# 定风波

## 暮春漫兴①


少日情怀似酒浓,插花走马醉千钟。老去逢春如病酒,惟有:茶瓯香篆小帘栊②。　　卷尽残花风未定,休恨,花开元自要春风。试问春归谁得见?飞燕,来时相遇夕阳中。

[注释]

①此闲居带湖之作。漫兴:兴到之作。

②茶瓯:茶罐。香篆:篆字形的盘香。帘栊:挂有帘子的窗户。

[点评]

　　伤春小唱,年轻的词人这方面的体验最多,心性婉约的词人尤喜为此调。而此词,却是自称"老去"的豪放词人所作。他在这首伤春词中究竟融入了一种什么样的心理体验呢?词的上片,以少年时代逢春的情怀发端,使全词被笼罩在一种抚今思昔的感慨调子里。春色依旧,而他的心境竟发生了如此巨大的变化。这是为什么呢?应该说,一是因为对岁月流逝的伤感,二是对于政治遭遇的伤感。

　　下片专写见眼前暮春景象的感受。"卷尽……未定"的措辞,表现出东风的毫不留情和作者对东风如此无情的痛心。春归无觅处,谁还能见到它呢?但一个夕阳飞燕的意象,则能给人以一缕安慰。春天归去,燕子始来,它们在一来一去的路上,大概总会碰面的吧?这一结,显得构思巧妙而情意蕴藉,使作者因春去燕来而引发的既惆怅又欣慰的感情,在他迷离想象的暗示下,获得优美的呈现。这首伤春词,几乎像剪影一样,画出了词人一生的对春情意,容量很大。

# 青玉案

## 元夕①

东风夜放花千树,更吹落、星如雨②。宝马雕车香满路。凤箫声动,玉壶光转,一夜鱼龙舞③。

蛾儿雪柳黄金缕,笑语盈盈暗香去④。众里寻他千百度。蓦然回首,那人却在灯火阑珊处⑤。

[注释]

①可能作于淳熙十一年(1184)前,闲居带湖时期,也可能作于乾道年间以后。

②此言树上悬挂的彩灯如东风吹开千树火花,而焰火乍放又如东风吹洒满天星雨。

③宝马雕车:代指富贵人家的华丽车马。凤箫:箫的美称。玉壶:指冰清玉洁的月亮。鱼龙舞:古代百戏的一种,起于汉代。鱼龙:此处或指扎成鸟兽形状的灯。

④蛾儿、雪柳:宋代妇女元宵所戴的头饰。雪柳多用黄金线捻成。

⑤阑珊:灯火稀少冷落。

[点评]

这首词,明写作者在宋代最热闹的节日——元宵节的所遇，暗中含有寄托的用意。对于此，梁启超在对《艺蘅馆词选》的批语中已有评点，他说词中佳人是作者"自怜幽独，伤心人别有怀抱"的产物，很有见地。词的上阕，并没有直写自己目遇幽独佳人的情形，而是模仿事情发生的自然情形，极写元宵节热闹欢乐的节物风光。焰火灿烂，如千树繁花盛开，又如东风吹下的满天星雨；宝马香车，如流水不息于街市，使满街香气四溢；彩灯万千，箫声清越。这样的描写，不仅显示出他驾驭复杂场景的无穷笔力，而且从笔法上看，又形成了佳人出场前的第一层铺垫。下阕开始，写到了一群群盛装艳丽、幽香袭人的观灯女子。她们珠翠满头，笑语盈盈，在作者面前招摇过市。尽管幽香袭来，但她们的形象却进入不了作者的心灵。"众里"以下，才全力一搏，突出作者苦苦寻觅的目标，竟然在不经意的回首一瞥中：在冷落处，在寂寞处，在灯火阑珊处，显示出她绝美的侧影。这佳人的不随俗流，自甘冷落，正是显示了她的孤高和幽独。而作者对于这样的佳人目会神遇，自然是因为他的精神世界与她的相合。这就像白居易见浔阳商妇而自伤老大失意、杜甫以空谷佳人自叹身世沦落一样。所以，这凌空翻出的三句妙语，也是一篇主旨所在，写出了作者借艳情而自言其志的用意。

对于这首词的最后三句，假如像王国维那样，把它理解为古今成大事业、做大学问者所必至的最高境界（第三重境界），也无不可。就它所造就的意境容量看，它确实具有更大的思想包蕴性，其意义可以被创造性地延伸。

# 归朝欢

## 题赵晋臣敷文积翠岩①

我笑共工缘底怒，触断峨峨天一柱②。补天又笑女娲忙，却将此石投闲处③。野烟荒草路。先生拄杖来看汝④。倚苍苔，摩挲试问：千古几风雨⑤？

长被儿童敲火苦，时有牛羊磨角去⑥。霍然千丈翠岩屏，铿然一滴甘泉乳⑦。结亭三四五。会相暖热携歌舞。细思量，古来寒士，不遇有时遇⑧。

[注释]

①当作于庆元六年前后。赵晋臣敷文：赵不遇，字晋臣，江西铅山人。曾为敷文阁学士，时罢职家居。与稼轩过从甚密。

②此笑共工无端发怒，触断巍峨天柱。

③此石：女娲补天石，即积翠岩。

④汝：指积翠岩。

⑤倚苍苔：倚在长满苍苔的积翠岩上。

⑥此处借牧童敲火、牛羊磨角言积翠岩不胜骚扰之苦。

⑦此言积翠岩忽然以千丈翠屏的雄姿挺立在人们面前，并有甘泉滴响其间。

⑧"会相"句：许愿将使积翠岩变得热闹起来。

[点评]

这首词，也作于他在瓢泉隐居期间。此间他有一个要好的朋友——字晋臣的赵不遇。赵不遇本为朝官，现在也罢职家居。积翠岩就是赵家居所在地的一座石山。词以谐谑的口吻，抒写感慨的情意。表面写石即积翠岩，其实写人，把赵晋臣与自己的才华、处境和命运，都借这座神奇的石山传言了出来。词写得奇情异想、浪漫奇特，境界奇幻磊落，反映了作者思想感情中的神奇性追求和精神境界的磊落不凡。这首词除了结韵以外，通篇采用借石写人的角度，含蓄曲折地抒情写怀。抒情虽然得曲折变化之美，境界却嵯峨雄奇，极具浪漫主义气息。这主要是因为作者有效运用色彩斑斓的神话、夸张的想象手法而形成的。另外，本词情思虽然变化多端，但是章法严谨细密，化用前人诗句无迹可寻，是作者的一首艺术成就很高的代表性词作。

# 满江红

　　倦客新丰，貂裘敝、征尘满目①。弹短铗、青蛇三尺，浩歌谁续②？不念英雄江左老，用之可以尊中国③。叹诗书、万卷致君人，翻沉陆④！　　休感慨，浇醽醁⑤。人易老，欢难足。有玉人怜我，为簪黄菊⑥。且置请缨封万户，竟须卖剑酬黄犊⑦。甚当年、寂寞贾长沙，伤时哭⑧？

[注释]

①此处主要用初唐马周事，兼用战国苏秦事。倦客新丰：据《新唐书·马周传》载，儒生马周失意潦倒时，曾客居新丰（陕西临潼东）旅舍，悠然独酌，众人异之。后因代人呈事，得唐太宗赏识。貂裘敝：衣服破烂不堪。此用苏秦游说秦王不果事。

②弹铗：孟尝君门客冯谖弹铗作歌，以抒不遇。青蛇三尺：指宝剑。浩歌：放声高歌。

③江左老：老于江南。尊中国：使中国国家强大，地位尊隆。

④致君人：辅佐君王的人。翻：反而。沉陆：原指隐居，此指地位沉沦。

⑤醽醁：美酒。

⑥玉人:歌舞女子。

⑦请缨:主动请求杀敌立功。卖剑酬黄犊:卖剑买牛,即解甲归田。

⑧贾长沙:即贾谊,西汉初年的政治家和文学家。伤时哭:《汉书·贾谊传》称其屡上书言事,曾说道:"臣窃惟事势,可为痛哭者一,可为流涕者二,可为长太息者六。"

[点评]

这首难以辨明其确切作年的词作,尽情表达了作者怀才不遇、忧国伤时的痛苦,是一篇长歌当哭的绝妙文字。通过它,我们可以更贴近地了解那个偷安时代给予爱国者心灵的深刻挫伤。

词起韵连用两个典故,即唐太宗宰相马周未遇前的困顿,战国策士苏秦未遇时的狼狈,写自己才志不得施展、战袍生尘而借酒浇愁的神态。接韵再借用战国时孟尝君的座上客冯谖未被赏识时的弹铗作歌,写自己弹着宝剑、慷慨长歌的行为。南宋小朝廷不思恢复,压抑排斥主战爱国、有一身本领的自己,致使英雄无为,老在江南。壮志不酬、反而沉沦于下位。照常理不该如此却偏偏如此的悲愤、不甘。

过片劝慰自己不要像上文那样感慨不已——他故意一放到底,说自己要丢掉请缨杀敌、立功封侯的英雄之念,直须卖剑买牛,解甲归田。结句更是以假装糊涂的语气,问汉代的贾谊为什么要为他的时代伤心痛哭? 其实,这是一句冷嘲语,是他对自己的时代虽忧心忡忡却又失望之极的冷嘲。

本词在风格上,上片感慨激烈,下片则故作旷达。在艺术手法上,此词几乎全篇用典。

登高怀古

何处望神州

# 念奴娇

## 登建康赏心亭,呈史留守致道①

我来吊古,上危楼赢得,闲愁千斛②。虎踞龙盘何处是?只有兴亡满目③。柳外斜阳,水边归鸟,陇上吹乔木。片帆西去,一声谁喷霜竹④?

却忆安石风流,东山岁晚,泪落哀筝曲⑤。儿辈功名都付与,长日惟消棋局⑥。宝镜难寻,碧云将暮,谁劝杯中绿⑦?江头风怒,朝来波浪翻屋⑧。

[注释]

①作于宋孝宗乾道五年(1169),时在建康通判任上。赏心亭:位于建康下水门之上,下临秦淮河,是当时的游览名胜,辛弃疾特爱登此亭眺望。史致道:见《满江红·鹏翼垂空》注①。留守:即行宫留守。宋室南渡初,高宗一度驻跸建康,故称建康为行宫。

②此言登亭凭吊古代遗迹,只落得满腔愁绪。危楼:高楼,此代指赏心亭。斛:古人以十斗为一斛。

③虎踞龙盘:诸葛亮曾目睹金陵地形而感慨说:"钟山龙盘,石城虎踞,真帝王之都也。"兴亡:指六朝兴亡古迹。三国时吴国孙权,东晋司马睿及南朝的宋、齐、梁、陈曾先后建都于

金陵(建康)。

④此五句描绘所见黄昏景色。陇上:田埂,此泛指田野。喷霜竹:即吹笛。黄庭坚《念奴娇》:"孙郎微笑,坐来声喷霜竹。"霜竹:秋天之竹,代指竹笛。

⑤言谢安一代风流,晚年仍不免忧谗畏讥,至有泪落哀筝之悲。安石:谢安,字安石,东晋著名政治家。泪落哀筝曲:谢安晚年位高遭忌,孝武帝曾召善乐者桓伊饮宴,桓伊抚筝唱道:"为君既不易,为臣良独难。忠信事不显,乃有见疑患。"谢安适在座,闻歌而泪下。

⑥言谢安将建功立业的机会都交付给儿辈如谢玄等,自己则以下棋消磨时光。

⑦言耿耿心曲难为人知,时不我待,唯有借酒浇愁。

⑧朝来遥望江头,风急浪高,直有推翻房屋之势。

[点评]

　　登览怀古之作,往往以历史的变迁寄寓对国事的感慨,借古讽今,以雄深跌宕为胜。对于知己的唱和之作,往往是心语的倾诉,以诚挚深切为高。要将这两种意思打和成一片,就需要糅合两种不同的美学风格,兼有雄深与温婉。这是一种难以达到的妙境,而本词显然达到了这一境界。词的上阕,主要以眼前惨淡的风景来表现自己的吊古所感。起头发端定调,点明自己登楼凭吊历史遗迹,产生了无限"闲愁"。因为朝政腐朽,不思进取,更迭不已或为北方强大的统治者消灭。残败的秋柳,惨淡的斜阳,秋水荒原,悲风乔木,归鸟,孤帆,如泣如诉的清越笛声……所有的风景,组成了毫无生气的秋风落日图。到了下阕,词人主要以历史人物和历史典故表明对主张抗战者遭受压抑的悲愤，写得哀婉沉郁。他回忆起被他许为"风流"即文才武略兼备且风度超逸的谢安，曾经为抵御北方强敌立下奇功，晚年却因此而遭受天子的疑忌。在这国事堪忧、胡尘未洗的时代，作者是多么盼望能出现像谢安那样能挽救危机的人物啊！或者说，他是多么盼望自己能像谢安那样建立奇勋啊！

结韵以景结情，以江上自朝至暮风高浪险、摧毁房屋的危景，既象征着作者内心的极不平静，也象征着南宋国势的危急，甚至也可以象征抗战派在投降派当道时的凶险处境。

# 八声甘州

## 夜读《李广传》①

故将军饮罢夜归来，长亭解雕鞍②。恨灞陵醉尉，匆匆未识，桃李无言③。射虎山横一骑，裂石响惊弦④。落魄封侯事，岁晚田园⑤。　　谁向桑麻杜曲？要短衣匹马，移住南山。看风流慷慨，谈笑过残年⑥。汉开边、功名万里，甚当时、健者也曾闲⑦？纱窗外，斜风细雨，一阵轻寒。

[注释]

①本词原题为：《夜读〈李广传〉，不能寐，因念晁楚老、杨民

瞻约同居山间,戏用李广事,赋以寄之》。《李广传》:指《史记·李将军列传》。李广:西汉名将。英勇善战,用兵神速,一生与匈奴作战七十余次,屡败匈奴,被誉为"飞将军"。汉武帝初年,因作战失利,被废为庶人,闲居终南山。后从卫青出击匈奴,以迷路无功受责,愤而自杀。

②此用李广灞陵止宿事。李广闲居终南山时,一次深夜饮归,路经灞陵亭。醉酒的亭尉不准李广通过。广随从申称这是"故将军",亭尉曰:"今将军尚不得夜行,何况故将军!"于是命令李广在亭下止宿。

③桃李无言:指李广。时谚用"桃李无言,下自成蹊",来赞美李广虽不善辞令,不喜表功,却深得天下人喜爱。

④此转用李广射虎穿石事。李广任右北平太守时,一次出猎,误以为草中石为猛虎,于是引弓劲射,箭入石中。一骑:单人匹马。

⑤此言李广屡建战功而终不得封侯,晚年竟被废退于田园做庶人。

⑥此五句:化用杜甫《曲江三首》诗意:"此生自断休问天,杜曲幸有桑麻田。故将移住南山边。短衣匹马随李广,看射猛虎终残年。"杜曲:在长安城南。南山:指终南山。短衣:猎装。残年:晚年。

⑦汉开边:指西汉的开疆拓土政策。健者:英雄人物。

[点评]

在落职闲居带湖时期,辛弃疾捧读史书中的《李广传》,对曾经与匈奴打过七十余战、战功卓著的李广却不仅未被封侯、反而被废为庶人且闲居于终南山的遭遇,尤其感慨激动,竟至夜不能寐。

上片叙说了李广被废闲居时期的两件事,意在对李广的不凡和不遇致以感慨不平,并将之与自己的身世关合起来。既是感慨历史英雄的落魄,也是对自己的失意寂寞表示悲哀,情调沉郁而低回。

下片开始,隐含杜甫《曲江三首》诗意,并以一"谁向"领起,突起昂奋之调,邀约词题上提到的两位朋友,和他一起"移住南山",追随李广,自强不息地度过晚年。并且发问:李广遭逢的是有开边之志、朝廷鼓励人们以战功封侯万里的汉代,为什么他这个凡是西汉与匈奴的战争都亲身参与并战功卓著的强者,也如此不得意地赋闲呢?

全词借史书所写的李广事迹,以及杜甫借李广事迹抒愤的诗歌,自由变动,使之如从己出。他在此处所提出的尖锐而敏感的人才埋没的历史问题:"汉开边、功名万里,甚当时健者也曾闲?"就像是一把锋利的刀刃,挑开了由统治者设下的虚伪纱幕,让人洞见了统治者压抑包括李广和辛弃疾在内的非凡才人的卑鄙用心,同时更是对南宋政治当局的严肃责问。

# 汉宫春

## 会稽蓬莱阁怀古①

秦望山头,看乱云急雨,倒立江湖②。不知云者为雨,雨者云乎③?长空万里,被西风、变灭须臾④。回首听,月明天籁,人间万窍号呼⑤。 谁向若耶溪上,倩美人西去,麋鹿姑苏⑥?至今故国人望,一舸归欤⑦?岁云暮矣,问何不、鼓瑟吹竽⑧?君不见,王亭谢馆,冷烟寒树啼乌⑨!

[注释]

①作于嘉泰三年(1203)秋。时稼轩在绍兴知府兼浙东安抚使任上。会稽:今浙江绍兴。蓬莱阁:在会稽卧龙山下,是著名游览胜地。

②秦望山:在会稽东南四十里处。因秦始皇曾登此山以望东海,而有此名。

③此谓茫茫一片,云雨莫辨。

④变灭须臾:顷刻间变化无常。指雨过天晴。

⑤"回首"三句:谓月色皎洁,自然界大气流荡,引起大地千孔万穴呼啸共鸣。

⑥此用范蠡巧使美人计灭吴事。若耶溪:位于会稽南,相传

为当年西施浣纱处。美人西去：言范蠡遣送西施去吴国。麋鹿姑苏：言把吴国灭亡，使姑苏台成为麋鹿栖游之地。姑苏：即姑苏台，在苏州城外灵岩山上，为当年吴王与西施的宴游之地。

⑦故国：指范蠡的故里。舸：大船。

⑧岁云暮：一年将尽或年岁将老之意。鼓瑟吹竽：演奏乐曲。

⑨王亭谢馆：王、谢两家为东晋时代的世家大族，其子弟大多住在会稽。

[点评]

词题为怀古，但并不入手擒题，而是先写眼前风云变幻的景象。目的是突出自然界的变化须臾，以为下片怀古的主题张本。上片描绘风云变幻的绍兴秋色。笔力雄健跳荡，最足以显示英雄意气。

下片着重于怀古，写范蠡助勾践灭吴的往事。范蠡巧施美人计，把若耶溪上的浣纱女子西施送给吴王，助他荒纵，最终帮助勾践消灭了宿敌吴国。在咏怀这一段历史陈迹时，他不正面出笔，而以"谁"字明知故问，把历史故事变得空灵蕴藉。结韵顺势而下，他通过对聚居于会稽的东晋两大豪门——王谢家族的描写，表达他对于人事代谢的惆怅乃至对于历史的理解。王谢的亭馆如今余迹无存，只有冷烟笼罩着寒树，树间也唯有乌鸦的悲啼。有什么是可以在时间里停留的呢？

全词不仅写境雄阔，风格沉郁，而且又能借典言志，曲折表达自己的褒贬和心愿，因而显得余味隽永。

# 永遇乐

## 京口北固亭怀古①

千古江山,英雄无觅,孙仲谋处②。舞榭歌台,风流总被、雨打风吹去③。斜阳草树,寻常巷陌,人道寄奴曾住④。想当年,金戈铁马,气吞万里如虎。

元嘉草草,封狼居胥,赢得仓皇北顾⑤。四十三年,望中犹记,烽火扬州路⑥。可堪回首,佛狸祠下,一片神鸦社鼓⑦。凭谁问,廉颇老矣,尚能饭否⑧?

[注释]

①作于开禧元年(1205),词人时在镇江知府任上。京口:即江苏镇江。北固亭:在镇江城北北固山上,下临长江,回岭绝壁,形势险固。

②此言千古江山依旧,而像孙权那样的英雄人物却已无处可寻。孙仲谋:孙权字仲谋。

③舞榭歌台:歌舞楼台。风流:指孙权创业时的雄风英概。

④寄奴:南朝宋武帝刘裕小字寄奴。刘裕祖先随晋室南渡,世居京口。刘裕于京口起事,率兵北伐,又削平内乱,取代晋

朝而称帝,成就一代霸业。

⑤元嘉:宋文帝刘义隆年号。元嘉二十七年,文帝命王玄谟北伐,因准备不足而败归。草草:草率从事。封狼居胥:汉将霍去病追击匈奴,至狼居胥山(在内蒙古西北)筑台祭天而还。赢得:只落得。仓皇北顾:宋文帝北伐失败后,北魏太武帝乘胜追击到长江边,文帝登楼北望,后悔不已。又,宋文帝还写过"北顾涕交流"的诗句。

⑥四十三年:稼轩自奉表南归(1162)至此(1205),正是四十三年。烽火扬州路:扬州属淮南东路,自1161年金主完颜亮大举南侵以来,扬州一带烽火不断。路:宋时行政区域以"路"划分。

⑦佛狸祠:北魏太武帝拓跋焘小字佛狸。元嘉二十七年,他追击刘宋军队至江北瓜步山,并建立行宫,后人于此建佛狸祠。神鸦社鼓:祭神时鼓声震天,乌鸦闻声来争食祭品。

⑧此以战国时赵国名将廉颇自况,谓自己虽老去,但雄心尚在,可惜却得不到朝廷重视。此用《史记·廉颇蔺相如列传》中廉颇晚年不遇事。

[点评]

　　这是作者的晚年名作。作者忧虑于韩侂胄匆忙出兵将会重蹈前人失败的覆辙,于是借古讽今,表明坚决主张北伐,但又反对草率从事、轻敌冒进。

　　上片气势沉雄,抒发江山如昔而像孙权那样的英雄却邈不可寻的感慨。不仅英雄人物邈不可寻,连他们残留在舞榭歌台上的流风余韵,也被风吹雨打而消失殆尽。他由孙权转而想到刘裕。刘裕的踪迹虽还可寻,但那已经是斜阳草树般抹上荒凉的底色了。词人忍不住对刘裕当年率兵北伐的声威与功绩深表奇羡。

下片则掉转笔头,以词为"论",陈述自己力戒仓促出兵的政治见解,抒发"老骥伏枥"的忠愤。先用南朝宋文帝草草出兵北伐而招致失败的史实,提醒当政者:若想恢复中原,必须先有周密的准备,这里表现出他对于好大喜功的韩侂胄急躁冒进的忧虑和警告。然后追忆四十三年前,他奉表南归,胸怀恢复大志,以为可以力复中原,不料事业无成,困辱以至于今。登楼北望,似乎还能见到当年扬州一带金兵燃起的烽火——那个烽火中的少年英雄,也同时在他的幻觉中出现,而今离镇江不远的对岸佛狸祠中,金国统治区的汉人正在那里举行迎神赛会,神鸦社鼓,好不热闹!人们早已忘却了亡国的屈辱历史,而恢复事业如今更难了。往事不堪回首,令人悲愤。

全词风格悲壮苍凉,感人至深。在艺术特色上,最主要的特征在于大量用典。

# 南乡子

## 登京口北固亭有怀

何处望神州？满眼风光北固楼。千古兴亡多少事？悠悠。不尽长江滚滚流。　　年少万兜鍪，坐断东南战未休②。天下英雄谁敌手？曹刘。生子当如孙仲谋③。

[注释]

①作于镇江知府任上。北固亭：在镇江临江的名胜北固山上。

②此赞美孙权为少年英雄，独霸江东，称雄一时。按：孙权十九岁继承父兄基业，故称"年少"。兜鍪：头盔，代指兵士。坐断：占据。

③此言当时能与孙权匹敌者，唯曹操和刘备。"生子"句：《三国志·孙权传》引《吴历》云：曹操曾与孙权对垒，看见他的舟船、器仗、军伍整肃，喟然叹曰："生子当如孙仲谋！"孙仲谋：孙权字仲谋。

[点评]

这也是作者晚年名作之一。

　　上片泛写登览怀古之情。在北固楼上遥望神州大地,可一览北固楼的景观与神州景观。感慨在这辽阔壮伟的神州之上,千古以来发生了无数的兴亡往事,如长江滚滚奔流的情状。"悠悠"的感觉和长江滚滚的意象,也有兴亡不断、前后浪涌的意味,可谓内涵深远。

　　下片专写对于孙权的遥想之情。这是就地怀古而专取孙权,主题集中。他先平叙孙权以年少之身,不肯屈身言败,而是率领千军万马雄踞江东,与曹刘等前辈争雄的凛凛威风、虎虎生气。"战未休"三字,颇有不以一时输赢定成败的豪情,对于一遇战败则轻己事敌的南宋统治者很有针对性。以下先用曹操、刘备陪衬孙权,谓孙权虽然年少,却是足以与曹刘同称为天下英雄的人物。最后更直接袭用曹操欣赏孙权的语言,表明作者与曹操英雄所见略同,对能战胜强敌而巩固发展江南国土的孙权是崇敬赞美,而对于屈身事人的刘表之子则充满蔑视。可见他对于南宋统治者学刘表之子的怯懦无能、而不能学孙权的英勇抗敌,充满了不满与讽刺。

归隐带湖

# 我见青山多妩媚

# 沁园春

## 带湖新居将成

三径初成,鹤怨猿惊,稼轩未来②。"甚云山自许,平生意气;衣冠人笑,抵死尘埃③?意倦须还,身闲贵早,岂为莼羹鲈脍哉④!秋江上,看惊弦雁避,骇浪船回。 东冈更葺茅斋。好都把轩窗临水开⑤。要小舟行钓,先应种柳;疏篱护竹,莫碍观梅。秋菊堪餐,春兰可佩,留待先生手自栽⑥。"沉吟久,怕君恩未许,此意徘徊。

[注释]

①作于淳熙八年(1181)秋,时稼轩在江西任上。带湖:位于信州(江西上饶)城北灵山下。湖水呈狭长形。词人于本年初,开始在此营建家园。除园林房舍外,更辟稻田一片,以备来日躬耕之需。并临田造屋,取名"稼轩",且用以为自己的名号。

②三径:隐居者的庭园。鹤怨猿惊:孔稚珪《北山移文》:"蕙帐空兮夜鹤怨,山人去兮晓猿惊。"

③甚:为什么。衣冠:代指为官者。抵死:到死都,总是。尘

埃：浊世红尘。

④意倦：陶渊明《归去来兮辞》："鸟倦飞而知还。"莼羹鲈脍：
指家乡美味。化用西晋张翰思乡事。

⑤葺茅斋：盖茅草顶的书房。轩窗：门窗。

⑥餐菊佩兰：隐喻行操高洁意。

[点评]

　　作此词时，作者虽仍在江西安抚使任上，但不仅自南归
后二十年间向往的抗战复土之念毫无实现希望，而且还不断
受到朝廷当权集团的排挤、猜忌和谗害。更为重要的是，他
预感到自己将会受到更大的打击，于是早年偶尔闪出的退隐
之念，渐渐明朗。

　　词的上片主要抒发欲求退隐之情。起韵点明隐居所已
初成，但因为主人还未归来，所以山猿与野鹤都在埋怨主人，
惊讶主人的何以不归。他假借猿鹤的诘问：为什么你这自许
如同云山一样高伟不凡、清洁不俗的人，却老是厕身于龌龊
的官场，受那些衣冠楚楚的俗人的嘲笑呢？

　　下片依然是借猿鹤帮他筹划的口气，写他自己对新居的
进一步经营和规划。在这琐琐细细加以打算的语气中，不仅
写出了带湖新居的清幽疏美，而且带出了作者将来林下优游
的活动身影，景中有人，景中有趣。然而带湖纵好不是归宿。
作者终难熄灭其心中的爱国之火。

　　在抒情手法上，全词妙用比拟之法，借用猿鹤代为抒情，
使文情妙趣横生。

# 沁园春

## 再到期思卜筑①

一水西来，千丈晴虹，十里翠屏②。喜草堂经岁，重来杜老；斜川好景，不负渊明③。老鹤高飞，一枝投宿，长笑蜗牛戴屋行④。平章了⑤，待十分佳处，着个茅亭。　　青山意气峥嵘，似为我归来妩媚生⑥。解频教花鸟，前歌后舞；更催云水，暮送朝迎。酒圣诗豪，可能无势？我乃而今驾御卿⑦。清溪上，被山灵却笑：白发归耕⑧。

[注释]

①期思：在江西铅山县，瓢泉所在地。卜筑：选地造房。

②千丈晴虹：比喻飞瀑。十里翠屏：比喻青山。

③"喜草堂"二句：以避乱于四川梓州的杜甫重回自己在成都浣花溪边的草堂，写自己的再度隐居。斜川：在江西都昌县，风景优美。陶渊明隐居柴桑时，曾与邻居同游斜川。辛以之比期思。

④一枝：《庄子·逍遥游》："鹪鹩巢于深林，不过一枝。"

⑤平章：品评，引申为筹划。

归隐带湖·我见青山多妩媚

⑥意气峥嵘:气概伟岸不凡。生:语助词。

⑦可能:怎能。势:权势。卿:指期思一带的山水。

⑧此言山灵笑人归耕太迟。

[点评]

宋光宗绍熙五年(1194)秋,作者由福建安抚使再次被弹劾而罢官,回到带湖闲居。此前他罢居带湖时,曾在期思买得瓢泉,并经常往来于带湖、瓢泉之间。本词就将他重回田园、见到田园秀美的风光时的欣喜之情,借期思卜筑的所见表达得妙趣横生,同时也隐含着几许不平感慨。

上片描绘期思秀美的山水风光,表明他要在此处选地造屋的意图。从中一点儿也看不出他罢官的失意,说明他这次与上次被罢免心态不同,他对那块"鸡肋",似已无所留恋了。愿意志同老鹤、随遇而安、栖身一枝。上片末韵,正面点出卜筑的意思。

下片以拟人手法,叙写自己寄情山水的乐趣。写得融情入景,意象灵动而笔力遒劲。过片遥接"十里翠屏"句,总写青山对自己归来的欢迎。他写青山的妩媚,说它懂得驱使花鸟云水,对作者频频前歌后舞,暮送朝迎,殷勤、盛情之状可掬。作者干脆以酒圣诗豪自命,以主宰山水自许,既显示了他的豪迈,也隐含着无所事事、一腔才情只落得驾驭山水的悲凉。

全词即兴抒怀,指点山河,妙用比喻和拟人手法,造出一个雄奇妩媚兼容的词境,风格豪宕。

# 临江仙

## 停云偶作<sup>①</sup>

　　偶向停云堂上坐，晓猿夜鹤惊猜："主人何事太尘埃<sup>②</sup>？"低头还说向："被招又还来。"　　多谢北山山下老，殷勤一语佳哉<sup>③</sup>："借君竹杖与芒鞋。径须从此去，深入白云堆<sup>④</sup>。"

[注释]

①初居瓢泉（1195 年）之作。停云：即停云堂，稼轩瓢泉中的堂名。

②太尘埃：有灰头土脸的意思。说向：向猿鹤说道。

③感谢北山老人殷勤致意。北山：原指钟山，用孔稚珪作《北山移文》中事，此借指停云堂所在之山。

④白云堆：喻深山隐居处。

[点评]

　　此词起韵，写他偶然来到停云堂上，却被"晓猿夜鹤"发现，它们又惊讶又猜疑。猿鹤们的问："主人您为什么显得这样风尘仆仆呢？"作者的"低头"回答，自己是应召出山、又再次被罢官而归来的。下片在情境上则转为他与"北山老人"之间的交流。他以"北山"来命名自己所居的瓢泉附近之山，即是引《北山移文》中对假隐士的嘲笑的典故，来自责自嘲，深深愧疚和无比沉痛之情，如在目前。殷勤的"北山老人"并没有遗弃他和嘲笑他，而是热情地借给他登山临水用的竹杖与草鞋，其劝诫之心可知。作者马上领会了他的意思，于是结尾以快语写道，自己从此要直接登山而去，一直到山的最高处隐居下来。这里，白云堆的意象，很有意味，就像竹杖与芒鞋一样，是隐士生涯的象征。作者借以表明，他从此将安心地做一个世外的隐居者，再也不会走"被召又还来"的错路了。

# 永遇乐

## 检校停云①

投老空山，万松手种，政尔堪叹。何日成阴？吾年有几？似见儿孙晚②。古来池馆，云烟草棘，长使后人凄断。想当年、良辰已恨，夜阑酒空人散③。　　停云高处，谁知老子，万事不关心眼④？梦觉东窗，聊复尔耳，起欲题书简⑤。霎时风怒，倒翻笔砚，天也只教吾懒。又何事、催诗雨急，片云斗暗⑥？

[注释]

①本词原题为:《检校停云新种杉松戏作。时欲作亲旧报书,纸笔偶为大风吹去,末章因及之》。约作于庆元三四年(1197—1198)间。时稼轩闲居瓢泉。检校:巡查、管理。名字取自陶渊明《停云》诗。作亲旧报书:给亲友写回信。末章:下片或结尾。

②投老:到老。政尔:正如此。成阴:长成大材。

③池馆:水池楼馆。云烟草棘:烟雾笼罩着荒草荆棘。凄断:凄凉伤心。"想当年"三句:言当年良辰美景烟消云散,空留无限遗恨。夜阑:夜深。

④王维《酬张少府》:"晚年惟好静,万事不关心。"

⑤东窗:暗用陶渊明《停云》诗"闲饮东窗"而思良朋之意。聊复尔耳:闲居无聊。题书简:写信。

⑥此言风雨急催诗。

[点评]

这首作于瓢泉新居停云堂上的词篇,虽云"戏作",但除了末章略有戏谑之意外,全篇格调低沉,传写出他闲居无事、为世相忘时的黯淡萧索心境。

他一叹自己的年老,来不及看见这些新种的杉松长成大树,就像老人看不见晚生的儿孙长大成人一样,劳而不见其获,令人感伤。二叹兴废盛衰、世事无常。这是由他自己面对新松的迟暮之感延伸出来的,并且他所叹息的池馆变为荒莱的事情,已经被时间一再地证实,而成为古今多情人同感共叹的内容。

下片力图从今昔对比和古今沧桑的体验中振拔,但因为缺乏真正令人激动的力量,所以他的振拔反而更显示出他的冷落与寂寞。他借用陶渊明的停云诗典,写自己的落落出世之情。在山间停云堂上的他,对于世间万事已不关心,不仅不关心,且已能不关眼。他借用风吹纸笔的偶然现象抒情,写出深心感念。感念之一是天教他懒。这里一个"也"字,表明此前自我状态,已经是懒了,而老天犹嫌不足,故教他彻底地懒,连"聊复尔耳"作"报书"也不用。于是他又嗔怪道,既是天教他懒,何必又在大风之后继之以乌云急雨来催他作诗?

全词语言虽然散文化痕迹很明显,但章法井然。所抒发的情感状态,能够让读者见到被迫投闲之后,稼轩由入世到出世的心理变化,以及在出世之路上的深深寂寞无聊。这是烈士暮年被迫"伏枥"时真实而未为人知的状态。

## 瑞鹧鸪

### 京口有怀山中友人[①]

暮年不赋短长词,和得渊明数首诗。君自不归归甚易,今犹未足足何时[②]? 偷闲定向山中老,此意须教鹤辈知。闻道只今秋水上,故人曾榜《北山移》[③]。

①作于镇江知府任上。

②此言应知足而归山。唐诗人崔涂《春日旅怀》:"自是不归
归便得,五湖烟景有谁争?"

③秋水:指稼轩瓢泉居处的秋水观。北山移:即南朝孔稚珪
嘲笑假隐士的《北山移文》。

[点评]

　　与《南乡子·何处望神州》《永遇乐·千古江山》等同期
作品不同,此词毫无英雄用世的豪情,而全是感慨思归之意。
全词一气呵成,上片抒发思归之感,下片借山中友人的不满
来寄意。起韵写自己晚年不再写短长词,唯喜欢追和陶渊明
的诗歌。陶诗中的主要品类是田园诗和述理诗,则他心事的
由多趋少、心境的由激荡愤郁而转为淡荡安闲等变化,也含
蓄于其中。以下化用前人诗意表达自己的思归之心,写得俏
皮而辛辣,表明了自嘲不归、自解已足的意思。换头接上片
后两句而来,表明自己坚定的归隐之念。所以,词虽然是全
写归思,却表明了这是因为出山而难有作为引起的。当然,
老来勘破世情,心情转而平淡,也是一个无须讳言的原因。
本词在表达上,把正笔写心和曲笔传情结合起来。此外则用
笔曲折,一借陶诗述怀,二借猿鹤写恋恋山中,三借疑故人张
榜来写自己的悔愧。这样的写法,既能准确传情又得含蓄之
趣。

# 瑞鹧鸪

## 京口病中起登连沧观偶成①

声名少日畏人知，老去行藏与愿违。山草旧曾呼远志，故人今又寄当归②。　　何人可觅安心法？有客来观杜得机③。却笑使君那得似，清江万顷白鸥飞。

[注释]

①作于镇江知府任上。连沧观：为镇江一郡游览之胜。

②此借药名曲传归隐心志。山草：即小草。小草与远志，一药二名。前人曾以小草、远志嘲笑过谢安。按：药根名远志，埋在土中为"处"，可作隐居的比喻；药茎叶名小草，长在土上为"出"，可作出仕的比喻。古人以隐居为高。当归：药草名。语意双关，谓故人劝其归隐。

③安心法：使心情安宁之法。典出契嵩《传法正宗纪·慧可传》："神光曰：'我心未安，乞师与安。'尊者曰：'将心来与汝安。'曰：'觅心了不可得。'尊者曰：'我与汝安心竟。'"杜得机：关闭了生机。典出《庄子·应帝王》：列子与神巫季咸去见自己的老师壶子。季咸说壶子将死。列子泣告壶子。壶子说："向吾示之以地文，萌乎不震不正，是殆见吾杜得机

也。"

[点评]

　　本词与上词作于同一时期,都是在镇江知府任上,只不过此时病体未痊;主旨也相同,都是表达思归山中的情怀。但在表达手法上有所区别。词人"壮岁旌旗拥万夫",能令高宗一见而三叹息,为他的英壮所感动,可以说是名声大得都生怕世人知晓了。却未成大气候,落得老来沉沦,出处尴尬:归隐之心刚起,出山之召又到。出得山来,又频频受挫受辱;归得山去,又难免沉痛寂寞。接韵可谓"因病成妍",他因生病而妙思到以药名来书怀,又因药名的介入而具有了常词所没有的趣味。"山草""远志",都是药名,本为一物。前人曾以之讽刺隐居的谢安出仕,说他就像有"远志"的人最终成了小草一样,谢安面有愧色。"当归"也是药名,他化用古人寄当归以邀人归去的典故,表明山中友人劝他归隐。下片接着此韵的意思往深处自剖,言自己的心思在归隐和用世之间徘徊难安,谁才能使我此心安定? 此心尚未安定,自己已经老了,生机将尽了,多么向往自由自在生活即归隐生活。

　　此词妙用药名,精取典故,来抒情述怀,取得了很好的表达效果,这是本词最主要的艺术特色。另外,此词虽然体制短小,结构整饬,却能通过反跌与顿折、借典与借象抒情达意,形成了沉郁顿挫的风格特征。

# 瑞鹧鸪<sup>①</sup>

　　胶胶扰扰几时休？一出山来不自由<sup>②</sup>。秋水观中山月夜，停云堂下菊花秋<sup>③</sup>。　　随缘道理应须会，过分功名莫强求<sup>④</sup>。先白一身愁不了，那堪愁上更添愁？

[注释]

①作于镇江知府任上。
②胶胶扰扰：原为动乱不安貌，此谓纷繁杂乱。
③秋水、停云：都是稼轩在瓢泉隐居之所的堂屋名。
④随缘：佛家语，意谓人之处世，态度当随客观机缘变化而变化。

[点评]

　　此词不仅在情趣上与前两词相合，而且带有对此番出山用世失败的总结意味。至于他所说的愁上添愁，很可能与他已经因"荐人不当"的罪名而被降职使用的背景有关。

　　此词起韵，总言自打一出山来，就觉得官场生活互相牵扰，自己被掣肘难为，因而感到烦乱不堪，毫无自由可言。这里"几时休"一问，颇有不耐此种生活的烦躁之意。接韵追忆瓢泉隐居之所的宁静闲暇与优美淳朴，与前韵形成对照，曲折表明他对于隐居生活的思念。尤其是山月意象和菊花情致，写得如此动人，说明他感情的天平，现在已经完全倒向归隐那一边去了。下片开头，接写自己已从道理上明白了，一切应该随缘，不要幻想取得过分的功名。这是他对于韩侂胄彻底失望的表现。这失望，有两个原因，一是韩的好大喜功，不步步为营地周密筹划北伐事宜；二是他对于稼轩这样一个志在有为的老骥，并不真正重视，苛求其小故而不任之以大事。所以本希望为北伐事业献计献策的稼轩，只能自己退步，以随缘自适、不求所谓过分功名来自解。结韵以旧愁新愁交叠的痛苦感情，含蓄表达了他此时又遭新"罪"的可悲处境，"那堪"一语，下得尤其痛心。

# 鹧鸪天

## 寻菊花无有，戏作①

掩鼻人间腐臭场，古来惟有酒偏香。自从来住云烟畔，直到而今歌舞忙②。　　呼老伴，共秋光。黄花何处避重阳③？要知烂漫开时节，直待西风一夜霜。

[注释]

①作于瓢泉归隐时期。

②云烟畔:云烟缭绕之处,借指山水幽美的隐居地。

③老伴:此指老友。重阳:农历九月九日,古人在此节有登高饮酒赏菊的风俗。

[点评]

　　本词虽标明"戏作",但并不是无所寄意的游戏之作,而是表明了他断绝官场之念的态度和无畏风骨。词的起句,为全篇主旨所在,并且能够领起下文。正是因为"人间腐臭场"即官场的腐臭令他不堪忍受,掩鼻而去,所以他才嗜好香酒,啸傲云烟,在闲暇中听歌征舞。以下"自从……直到而今"的句式连接,表明了他对于林泉生活一丝不苟地投入热情。下片转到题面"寻菊无有"上来。过片二句,意思承接上片无事忙的林泉生活内容,专写呼唤老朋友共赏重阳秋色,却找不到重阳节的节物风光——菊花。回应上句之问,说只要西风起,严霜落,菊花自会开得烂漫无比。这一答,透出了他对菊花不畏严寒的赞美,在这赞美中,隐然透出他自己凛然无畏的精神风骨。

# 鹧鸪天

## 博山寺作①

不向长安路上行,却教山寺厌逢迎②。味无味处求吾乐,材不材间过此生③。　　宁作我,岂其卿④。人间走遍却归耕。一松一竹真朋友,山鸟山花好弟兄。

[注释]

①博山寺:在江西广丰县西南。

②长安路:京城之路,代指求取功名之路。厌逢迎:山寺倦于接待,此谓自己去寺次数之多。

③此言在有味和无味之间寻求人生乐趣,在是材和非材之间度过一生。味无味:《老子》:"为无为,事无事,味无味。"材不材:《庄子·山林篇》:庄子过山,见有木因不成材而免于被砍伐;过友人家,见主人杀不鸣之雁以待客。明日有弟子问道:"昨日山木因不材得终天年,今主人之雁因不材死,先生将何处?"庄子笑曰:"将处于材与不材之间。"

④宁作我:宁愿保持独立不迁的我。典出《世说新语·品藻篇》。岂其卿:岂可依附公卿以求名。典出扬雄《法言·问神》。

[点评]

这首词,如同一篇决意归隐的宣言,宣告了词人对于官场生活的厌弃。应是词人隐居瓢泉不久时的词作。

上片起韵,先借"长安"和"山寺"作对比,以自己脱迹于"长安路上"也就是官场上的生活,而反反复复地来往于博山山水风景之间的有意选择,来表明自己今是而昨非的觉醒。一句"厌逢迎",构思巧妙,写出了他数度往还、使山寺都倦于接待的放情山水之貌。以下一韵,交代归隐的原因。因为是用典,所以显得曲折含蓄。此言的字面意思是,自己将要采取老庄哲学所推崇的生活态度,在有味和无味间寻求真味带来的快乐,在材与不材间度过自己的一生。唯有采取这样的生活态度,才能全身远害而不至于遭到杀戮和迫害。

下片起韵,词人再从人格操守上进一步宣言:他宁愿保持独立清洁的自我,也不愿如那些为保禄位而屈膝依附于公卿权要的龌龊小人。这里的两个典故,把他独立不迁的可贵品质传写得很到位。"人间"一句,写出他走遍污浊官场才发现唯有归耕为高的体验。结韵归入隐居的主题。他觉得,既然举世少知音,那么自己也就不妨以松与竹这样直节伟岸的树木为朋友,以自然无伪的山花山鸟为弟兄。

此词虽然措语斩截,但因为几乎全篇用典,言少意多,所以词境的抒情容量相当大。

咏物成趣

# 老来曾识渊明

# 满江红

## 江行简杨济翁、周显先①

　　过眼溪山，都怪似、旧时曾识。还记得、梦中行遍，江南江北。佳处径须携杖去，能消几緉平生屐②？笑尘劳、三十九年非，长为客③。　　吴楚地，东南坼④；英雄事，曹刘敌⑤。被西风吹尽，了无尘迹。楼观才成人已去，旌旗未卷头先白⑥。叹人间、哀乐转相寻，今犹昔⑦。

[注释]

①作于淳熙五年(1178)。余参见《水调歌头·落日塞尘起》注①。

②"能消"句：我这一生还能穿破几双登山木屐呢？緉：双。屐：木底有齿的鞋。语出《世说新语·方正》：阮孚好屐，能自做木屐。曾叹曰："未知一生当着几緉屐。"

③尘劳：风尘劳辛。指其宦游生涯。三十九年非：意借自《淮南子·原道训》记，蘧伯玉年五十而知四十九年之非。

④此化用杜甫《登岳阳楼》："吴楚东南坼，乾坤日夜浮。"坼：裂开。

⑤谓图英雄霸业者，唯据有吴楚地的孙权，可与曹操、刘备相

匹敌。

⑥楼观才成:楼阁刚建成。古人以之喻调动频繁,难展才略。如苏轼《送郑户曹》:"楼成君已去,人事固多乖。"

⑦转相寻:循环往复。

[点评]

　　这是一篇写人生苦闷的抒情词。苦闷产生的原因是对于抗金事业难以实现的失望。

　　上片就江行起兴,写因半生蹉跎而产生的对于宦游生活的厌倦。首两大句,将实在景致加以虚化处理。对自己过眼的山水,虽知为重来,知为旧时相识,却以"怪似""梦中行遍"的语言,表达心理上那种往事如烟的不真实感觉。下两大句,表现出超脱于尘世纷扰、专心地到自然怀抱中沉醉优游的态度,表达出对"前我"的彻底否定。

　　下片因地怀古,试图从历史英雄的幻灭中,为自己的价值虚无寻找精神依据。作者以为孙权的雄才大略,只有曹操、刘备才堪与之匹敌。接着就是一个强劲的转折——"被西风吹尽,了无尘迹。"这就是价值的虚无和幻灭。他试图以这样的虚无来平衡自己不能成就英雄事业的遗憾。"楼观"以下,写尽自己多年疲于调动、无缘实现收复中原大业的郁愤。这是这首词的"词眼"所在,是他身世之感和政治感慨的来源。他只能以带有道家思想色彩的哀乐循环的"人间法则",来帮助自己解脱于无法实现生命目标、无法体现出人生价值的深沉痛苦。

# 水调歌头

## 再用韵呈南涧<sup>①</sup>

千古老蟾口，云洞插天开<sup>②</sup>。涨痕当日何事，汹涌到崔嵬<sup>③</sup>？攫土抟沙儿戏，翠谷苍崖几变，风雨化人来<sup>④</sup>。万里须臾耳，野马骤空埃<sup>⑤</sup>。　　笑年来，蕉鹿梦，画蛇杯<sup>⑥</sup>。黄花憔悴风露，野碧涨荒莱。此会明年谁健，后日犹今视昔，歌舞只空台<sup>⑦</sup>。爱酒陶元亮，无酒正徘徊<sup>⑧</sup>。

[注释]

①作于淳熙九年（1182），时稼轩罢居带湖。南涧：即韩元吉。

②此言云洞古老而位高。蟾口：蟾蜍之口，为古时受水和吐水之具，比喻云洞。

③崔嵬：指高山。

④言造物神力无穷，变幻自然若儿戏。抟：捏成团。翠谷苍崖：即高山为谷，深谷为陵。化人：会幻术的人。典出《列子·周穆王》。

⑤野马：空中游气浮动，状若野马之浮游。语出《庄子·逍遥游》。

⑥言人世追求真幻莫辨,令人伤感疑惧。蕉鹿梦:《列子·周穆王》载,郑国有一个樵夫,在野外遇见一头惊鹿,迎面拦击之。生怕别人看见它,于是把它藏到土地庙中,并盖上蕉叶。可是不久就忘记了藏鹿所在,以为这不过是一场梦。于是沿路自言自语这件事。别人听见之后,照着他话中的意思去寻找,得到了藏鹿。得鹿者归去后,对其家人说:"先前那个樵夫梦见自己得鹿而不知藏鹿之所,被我得到了,他真是做梦呢。"家人说:"也许你得鹿也不过是场梦吧。"画蛇杯:即杯弓蛇影。

⑦此感慨岁月如流,人生无常。

⑧元亮:陶渊明字元亮。此以陶自指。

[点评]

　　作者以雄奇神幻的笔墨描写造化的神奇,正是为了衬托人自己的渺小无奈,而试图以人的微不足道来消解失志的悲凉。

　　词的上片,以云洞所在的秋水涨落为引子,道出沧海桑田、自然变化的伟力。

　　下片在此自然伟力的背景上显示人生如梦。他说自己这些年来,如获鹿覆以蕉叶而忘其所在的樵夫,如同见酒杯中弓影疑为蛇的杜宣一样,不仅一番努力都无所获,而且尝尽忧谗畏讥的心灵痛苦。而今只见黄花憔悴于风露中,秋水又涨到荒草边上。岁月如流、人事无常。"歌舞只空台"的空虚,是英雄不得已以历史的虚无来缓解自身失志之痛的"双面刃":它砍倒了一批他不愿意见其得意的人物,但也深深地割伤了自己。不如学隐居田园的渊明,唯求一醉忘情。

# 水龙吟

## 题瓢泉①

　　稼轩何必长贫？放泉檐外琼珠泻②。乐天知命，古来谁会，行藏用舍③？人不堪忧，一瓢自乐，贤哉回也④。料当年曾问："饭蔬饮水，何为是，恓恓者⑤？"　　且对浮云山上，莫匆匆、去流山下。苍颜照影，故应零落，轻裘肥马⑥。绕齿冰霜，满怀芳乳，先生饮罢⑦。笑挂瓢风树，一鸣渠碎，问何如哑⑧？

[注释]

①闲居带湖之作。瓢泉：在铅山县东。本名周氏泉，稼轩为其改今名。

②此言屋檐外有玉珠倾泻，何可谓稼轩长贫？

③乐天知命：语出《易·系辞上》："乐天知命故不忧。"行藏用舍：即用行舍藏，指出处之道。

④此用孔子赞美颜回清贫自乐的语句自写。典出《论语·雍也》。

⑤此代颜回向孔子发问，问他既以此种生活为高，又何必忙

忙碌碌,恓恓惶惶? 饭蔬饮水:即粗茶淡饭。

⑥苍颜:苍老的容颜。零落:交游冷落。轻裘肥马:乘肥马,
衣轻裘。指富豪辈。

⑦冰霜:指口感清凉。芳乳:指泉水甘香。

⑧用《逸士传》记许由事,来表明自己只好做一只哑默无声
的“瓢”,同时兼传许由式的情怀。许由用手捧水而饮,后有
人送给他一只瓢。他以瓢饮完,挂瓢于树。风吹瓢响,许由
感到不耐烦,于是摔碎了它。

[点评]

瓢泉是江西铅山县东一方形状如瓢的清泉。有一天,寻
幽探胜的稼轩来到这里,看见这幽居深山、清可照影的瓢形
甘泉,忍不住捧起一掬泉水饮了,感受到了它清凉甘美的滋
味。于是,欣喜万分的他,不仅在此地买地造屋,并且为这瓢
泉题了如上一首词。他借泉明志,抒发了“在山泉水清”的
高洁情怀。

上片借颜回自许,以孔丘反衬,抒发他乐天知命、伴泉而
居的隐者高怀。试想,能够让琼珠流泻而不收拾者有几人?
但是在此作者却不无自嘲之意,因为若从贫字的含意来看,
泉水的琼珠又有何能力改变他长贫的事实? 而再往前想,虽
然他不能拥有真正的琼珠,但是,由泉水带来的精神的愉快,
又岂是物质的琼珠所能比拟的?“人不堪忧”以下一韵,借
颜回过着箪食瓢饮的简朴生活而不丧失精神快乐的例子,来
表明自己如颜回一样的精神状态。末韵他就借颜回的口气,
来反问孔子:既然认为颜回这样的生活态度是值得赞美的,
并且他自己也说过饭蔬饮水、乐在其中的话,那么他为什么

又东奔西忙,做那恓恓惶惶的"丧家之犬"呢?

　　下片以泉自写,抒发他远世自高、遁世无闷的情怀。他先劝诚清泉别匆匆下山,而要相伴山上那未出岫的浮云。结韵化用许由摔瓢的典故,以瓢作禅喻,表明与其因有声而碎、何如以哑默而全的意思。

　　通篇取用与泉、与瓢有关的典故来抒情写志,把为瓢泉写照和借瓢泉而自写的意思都体现出来。笔法变化多姿,语意明暗相济,语句散文化特点明显,就成了这首外示超旷而内含幽愤的写怀词的基本特征。


# 水调歌头

## 题永丰杨少游提点一枝堂①


　　万事几时足?日月自西东。无穷宇宙,人是一黍太仓中②。一葛一裘经岁,一钵一瓶终日,老子旧家风③。更着一杯酒,梦觉大槐宫④。　　记当年,吓腐鼠,叹冥鸿⑤。衣冠神武门外,惊倒几儿童⑥。休说须弥芥子,看取鲲鹏斥鷃,小大若为同⑦?君欲论齐物,须访一枝翁⑧。

[注释]

①此闲居带湖之作。永丰:县名,宋属信州府。提点:提点刑

狱。杨少游:不详。一枝堂:取名用《庄子·逍遥游》"鹪鹩巢于深林,不过一枝"之意,谓隐居所。

②此言人在宇宙,正如一粟之在太仓,渺小之至。典出《庄子·秋水》。

③此言人生实际需求很少。葛:夏衣。裘:冬衣。经岁:过一岁。老子:作者自称。

④唐李公佐《南柯太守传》谓淳于棼梦游槐安国,被招为驸马,出任南柯太守,享尽荣华富贵。梦醒寻访,槐安国不过为一蚁穴而已。

⑤吓腐鼠:《庄子·秋水篇》载南方有一种叫鹓雏的鸟,饮食非竹实、甘泉不可。有一鸱鹰觅得一只腐鼠,见此鸟飞过,生怕它来抢食,向它怒喝了一声:"吓!"叹冥鸿即鸿雁飞翔于高天深处,猎人怎能捕捉到它?

⑥"衣冠"两句:用南朝陶弘景挂衣冠于神武门外的故实,以写自己的有心归隐,或兼写杨少游的辞官归隐。陶弘景事载《南史·陶弘景传》。

⑦须弥:佛教传说中的山名。喻大。芥子:芥菜的种子。喻小。"看取"句:言鲲鹏展翅九万里,斥鷃翱翔蓬蒿间。小大若为同:怎么能一样呢?

⑧齐物:指庄子所认为的万物的差别因具有相对性而可以泯去的思想。一枝翁:指一枝堂主杨少游。

[点评]

八年的带湖闲居,消耗了词人最好的年华,使他因悲愤、郁闷而多病身老。明白自己老年渐近、机会不再的作者,在近观山水田园、仰观宇宙八荒的过程中,在以道家思想为自己纾忧解愤的过程中,重新认识人和世界的关系,得出了一些接近道家哲学观念的思考结论。本词就是这样一首阐述庄子齐物观的理趣词作。

词的上片,极言人的渺小和所需之微少。世界太大,包容万事,贪心人向它的求索,什么时候才能满足？在他的求索中,日月轮转,时光匆匆,任何得到的最终都将失去了,没有得到的也再没有机会。人在宇宙中如沧海一粟,所需要的,衣服不过一夏衣、一冬衣,食器不过一饭钵、一水瓶。结韵更以梦醒者的眼光,看待他以前梦里的槐安国。也就是以哲学上的清醒,否定像蚂蚁一般碌碌追求的世俗价值。

下片说自己志向本不在富贵,却为求富贵者所嫉恨,就像庄子所描写的那只鸾凤,受到以腐烂的老鼠为食物的鸱鹰的恐吓,使游息于天外的自由的冥鸿为它在尘网中而叹息,于是挂冠于神武门上,使俗人惊倒。人的精神境界就像鲲鹏与尺一样,不能无区别。也许庄子借鲲鹏尺为喻谈齐物,又以那样的态度出之,本就隐含了这一物齐、物不齐的矛盾。

本词在总体明晰的表意中,也包含着某些不确定因素。正是这不确定的一面,保存了词作的诗性,使之显得更耐人寻味。这是稼轩理趣词的突出特征。

# 祝英台近

## 与客饮瓢泉①

　　水纵横，山远近，拄杖占千顷②。老眼羞明③，水底看山影。试教水动山摇，吾生堪笑，似此个、青山无定。　　一瓢饮，人问"翁爱飞泉，来寻个中静；绕屋声喧，怎做静中境？""我眠君且归休④，维摩方丈，待天女、散花时问⑤。"

[注释]

①本词原题为：《与客饮瓢泉，客以泉声喧静为问。余醉，未及答，或者以"蝉噪林愈静"代对，意甚美矣，翌日为赋此词以褒之》。约作于庆元元年（1195），时稼轩罢职家居。饮瓢泉：在瓢泉新居饮酒。"客以"句：客人问泉声是喧闹还是幽静。"蝉噪"句：梁代诗人王籍《入若耶溪》中句。翌日：第二天。褒：赞扬。

②此言拄杖游遍瓢泉山水。

③羞明：怕光。

④《宋书·陶潜传》载，陶渊明爱与访客共饮。他若先醉，就对客人说："我醉欲眠卿可去。"十分真率。

⑤据《维摩诘经》载，维摩诘讲佛经时，有一天天女向听讲者

抛洒天花。花落到诸菩萨身上不沾自落,落到大弟子身上则沾而不落。这说明大弟子还没有真正觉悟色即是空,尘根尚未清净。维摩:是佛教先哲,善讲大乘教义,与佛祖同时。方丈:原指长老及住持说法之处,后即为对于寺院长老及住持的代称。

[点评]

　　在稼轩于瓢泉陈设的宴会上,有一位不晓事的客人向已经喝醉的主人问了一个看似难以回答的问题。他说:"您说您因为好静,所以到瓢泉来寻求安静。可是这里泉声绕屋而响,怎能取静呢?"一个聪明的客人借前人诗歌代主人答道:"比如一座幽深的山林,有蝉鸣,只能增加深林的静趣,并不能使这山林热闹起来。"稼轩觉得这个回答妙得很,于是写下这首抒山水之乐、言动静之趣的小品词,送给他作褒奖。

　　上片主言山水之乐,并以水中山影做比喻,表明他对自己身世无常的感慨。他觉得自己虽然本质如青山独立,命运却像这水里的青山一样无定。下片接客人问动静的话头,借佛经故事,谈动静玄机,暗藏着嘲笑客人参不透动静、本性不明的意思。参不透动静,才会问这个貌似聪明其实黏着的问题。

# 兰陵王

## 赋一丘一壑①

　　一丘壑,老子风流占却②。茅檐上,松月桂云,脉脉石泉逗山脚。寻思前事错,恼杀晨猿夜鹤③。终须是、邓禹辈人,锦绣麻霞坐黄阁④。　　长歌自深酌。看天阔鸢飞,渊静鱼跃。西风黄菊香喷薄。怅日暮云合,佳人何处,纫兰结佩带杜若?入江海曾约⑤。　　遇合,事难托。莫击磬门前,荷蒉人过⑥。仰天大笑冠簪落。待说与穷达,不须疑着⑦。古来贤者,进亦乐,退亦乐。

[注释]

①约作于庆元元年(1195)。

②此言有幸独占此处风流。一丘壑:即一山一水。

③前事错:言不该误入仕途。

④此言功名富贵当是那些年少得志者的事业。邓禹:字仲华,新野人,佐刘秀称帝,二十四岁即拜为大司徒。麻霞:色彩斑斓。黄阁:指丞相府。

⑤"怅日暮"两句:江淹《拟休上人怨别》:"日暮碧云合,佳人

殊未来。""纫兰"句:言将兰联结为佩饰,以杜若为束带。兰、杜若,皆香草名。此处用屈原《离骚》诗意。入江海:指避世远居。

⑥此言莫效孔子在卫击磬以遭荷蒉人讥笑。事出《论语·宪问》:孔子在卫国击磬,有一挑草筐的人经过孔子门前,嘲笑他音乐中表达的有志干时而无人见用之悲,告诫他要"深则厉,浅则揭",即懂得因势而变,与世推移。

⑦仰天大笑:喻笑傲林泉、不以仕进为怀。穷达:指人生道路的困顿与显达。

[点评]

通篇赋写退隐的风流和乐趣,但是"遇合,事难托"一语,却隐隐透出全词触发点所在:那是因为自己的政治理想始终找不到可以实现的机会,君臣遇合、大显身手是难以希求的。

全词共三片。一片首韵以占尽一丘一壑的风流自我形象,领起全篇。茅屋上"松月桂云"和山脚下清泉脉脉,占尽这一丘一壑的美景者风流自得。此间的猿鹤为他的离去而悲鸣烦恼,想起功名事,本是邓禹那样少年得志者的事。自己本性适合居于山中。

第二片暗接"前事错",专言今朝心情的愉快和伸展。起言独自饮酒放歌,仰观天上鹰飞,俯视水里鱼跃,颇有"海阔凭鱼跃,天高任鸟飞"的自由舒畅。类似当年归隐的陶渊明所处的生活氛围。然而那位曾约定同游江海、而今不见踪迹的"佳人",不知现在哪里。这位"佳人"更像寂寞的作者所创造出的自我精神的化身。

第三片揭明主旨,言自己虽然落拓失志,但不求闻达,甘心笑傲林泉,以退为乐。政治失意,但要压住要倾发壮志才华不为世人所知的郁愤。要如孔子击磬求知一样,笑傲林泉、不以穷达为怀。知其达而守其穷的定力。结韵挑明主旨,意在说自己不以退处为忧为耻,而觉得其中自有乐处。这就回应开篇的"风流占却"一语,使包孕丰富的慢词长调获得了圆满的结构。

# 玉楼春

## 戏赋云山[①]

何人半夜推山去?四面浮云猜是汝。常时相对两三峰,走遍溪头无觅处。　　西风瞥起云横度,忽见东南天一柱[②]。老僧拍手笑相夸,且喜青山依旧住。

[注释]

①作于庆元二年(1196)秋,时稼轩罢居于铅山瓢泉。云山:为白云笼罩之山。

②瞥起:骤起。云横度:浮云横飞。天一柱:天柱一根,指高耸青山。

[点评]

此词名为"戏赋",带有明显的欢快戏谑色彩,是稼轩瓢泉隐居时期格调乐观、命意不俗的写景之作。

上片首韵劈面一问,问得奇怪。好端端一座山,被什么东西半夜推走了?观望四面浮云而恍然大悟。忽一阵西风忽起、浮云过处,东南方一座青山突然在作者眼前凸现,它高大得就像天柱一样直插云天。更觉青山高峻。下韵中他拽老僧出场时,透出了一股禅意。他以浮云写境,以青山写心:浮云(外境)尽管千变万化,时起时落,但青山(我心)则终究不动,真定有恒。这样,浮云和青山,既可成为佛门参禅入定的有味意象,也可成为作者面对政治风云时"我自岿然不动"的心灵象喻。难怪老僧也笑、词人也喜呢,原来大家都借浮云青山的意象证得了本心。

# 哨遍

## 秋水观①

蜗角斗争,左触右蛮,一战连千里②。君试思,方寸此心微,总虚空并包无际③。喻此理,何言泰山毫末,从来天地一稊米④。嗟小大相形,鸠鹏自乐,之二虫又何知⑤?记跖行仁义孔丘非,更殇乐长年老彭悲⑥。火鼠论寒,冰蚕语热,定谁同异⑦?

噫!贵贱随时,连城才换一羊皮⑧。谁与齐万物?庄周吾梦见之。正商略遗篇,翩然顾笑,空堂梦觉题"秋水"⑨。有客问洪河,百川灌雨,泾流不辨涯溇。于是焉河伯欣然喜,以天下之美尽在己。渺沧溟望洋东视,逡巡向若惊叹,谓我非逢子。大方达观之家,未免长见,悠然笑耳⑩。此堂之水几何其?但清溪一曲而已⑪。

[注释]

①作于庆元四年(1198)。秋水观:稼轩在瓢泉所造的堂屋名。

②《庄子·则阳篇》称:蜗牛角上有二国,在左角的叫触氏,在右角的叫蛮氏。两国为争地而战,每战死伤数万。一方兵败而逃,十五日始能返国。

③言寸心虽小,却包容宇宙。

④言天地既然微若极细之米,则泰山自应细若毫末。典出《庄子·齐物论》和《庄子·秋水篇》。

⑤言大小具有相对性,小鸟鸠与大鸟鹏各得其乐。那嘲笑大鹏的两只小虫根本不了解这一点。之二虫:这两只小虫子,指蜩与学鸠。《庄子·逍遥游》说,大鹏飞往南海时,蜩与学鸠嘲笑它说:我飞落于树林和地面间即可,何必飞向九万里高空而去南海呢?

⑥此言跖自言行事仁义而以孔子为非,殇子为自己的长寿而乐,而彭祖却为自己的短寿而悲。殇子:未成年即死的人。彭祖:传说活了八百多岁。典出《庄子·盗跖篇》和《庄子·齐物论》。

⑦此言生活在火山中的火鼠和生活在霜雪中的冰蚕,对于冷热的感觉不同,难以沟通。火鼠:典出东方朔《神异经》。冰蚕:典出王嘉《拾遗记》。

⑧连城:原指价值连城的和氏璧。典出《史记·廉颇蔺相如列传》。此处指百里奚。羊皮:《史记·秦本纪》载,秦穆公曾以五张羊皮赎百里奚于楚国,百里奚后来拜为秦相。

⑨此谓梦中与庄子讨论"齐物"思想,深得庄子欣赏,醒后即在这空堂上题写"秋水"两字。

⑩《庄子·秋水篇》语意:秋来水涨,百川入黄河,看不到黄河两岸。于是黄河河神河伯欣欣然,以为黄河是天下最大的水域。他顺流东下,到了北海边,看见北海汪洋一片,无边无

际。于是河神仰望海神而叹息,知道自己以前如"井底之蛙"。涯種:边岸。若:海神名。子:您,对海神的尊称。大方达观之家:指海神。后指道术修养精湛的人。
⑪此言秋水观前的溪水很小。

[点评]

　　此词以《庄子·秋水篇》所阐发的齐物思想为基础,以眼前的秋水观为起兴,以词为论,同时借用《庄子》中的寓言典故,讨论了大小、是非、寿夭、冷热、贵贱的相对性,认为一切差别皆由心造,自己正不妨借着"清溪一曲"的秋水观,与庄子同参玄言妙理。

　　起韵先借蜗牛角上的蛮国与触国"一战连千里"的典故,暗示大小、得失的相对性——常人眼中的一只小小蜗牛,其触须上的蛮触国人则以为地域广大,得失要紧。那么它究竟是大还是小呢? 这取决于从什么角度去看。作者认为一切的区别,来自于人的那个虽然小至方寸但包容无际的虚空之心。而心呢,它可以说是极小的,因为其形不过方寸,但也可以说是极大的,因为它可以包容"虚空"也就是宇宙万象。然后,他又从相对性角度,告诉人们这样一个观点:不要只知道庄子所说的泰山比秋毫之末还要小,而要知道天地从来只不过是一颗最细的米粒。小大不过是相对的,小鸠有小鸠的乐趣,大鹏有大鹏的乐趣,那两个嘲笑大鹏、而自觉自己的生活很好的蝉和小山雀又知道些什么! 其下,作者接着论及是非与寿夭之辨:柳下跖说自己是仁义之辈,反而说孔丘不仁不义;还有短命鬼殇子欣喜于自己的高寿,而活了八百多岁的彭祖伤心于自己的早夭。这就像火鼠向冰蚕谈论寒冷的感觉,冰蚕向火鼠谈论热的感觉一样,他们的隔膜是非常深的。那么究竟是火鼠的说法对呢,还是冰蚕的说法对呢?

下片进而阐发贵贱的相对性,并认为自己已经完全得到了庄子齐物思想的精髓。最后靠近题面,归结于水的大小之辨,并表明自己的秋水观虽小,却足以用来参悟玄理。他以一声叹息为始,表明贵贱的相对性,在于各自的因时而异。他以《史记》中人物百里奚为例,一会儿被以五张羊皮而赎回,一会儿贵至拜相,可谓价值连城。这里对于百里奚命运遭际的叹息,正包含着他对于自己命运不由自主的叹息。以下以一问句,表明自己已经达到庄子"齐万物"的精神境界,所以,他在梦中不仅见到庄子,且得以与后者一起研讨《庄子》的思想,彼此之间莫逆于心,相顾翩然而笑。


# 卜算子

## 齿落①


刚者不坚牢,柔底难摧挫。不信张开口角看,舌在牙先堕②。　　已缺两边厢,又豁中间个。说与儿曹莫笑翁,狗窦从君过③。

[注释]

①此闲居瓢泉之作。

②《说苑·敬慎》:常枞有病,老子去看望他……常枞张口问老子道:"我的舌头还在吗?"老子答道:"是。"常枞又问:"我的牙齿还在吗?"老子答道:"不在。"常枞问他:"您理解此中道理了吗?"老子答道:"舌头能久存,难道不是因为它很柔弱吗?牙齿掉落,难道不是因为它刚强吗?"常枞笑道:"是了。"刚者:指牙齿。柔底:指舌头。

③"狗窦"句:《世说新语·排调》:"张吴兴年八岁,齿亏。先达知其不常,故戏之曰:'君口中何为开狗窦?'张应声答曰:'正使君辈从此中出入。'"狗窦:狗洞。从:任凭。

[点评]

　　词人以舌在齿落的现象中,寄寓了自己领略到的老子刚摧柔存的生活哲理。

　　词一上来,就推出主旨,开篇立意。这里的"刚者"与"柔者",已隐然照顾到后文的叙写落齿的事情。以下如同论说文的举证,以"不信"反领,表明了"舌在牙先堕"的事实。下片具体叙写齿落的事实,正面切题,用口语来写,显示浑朴活泼的趣味。以下更进一层,以"狗窦从君过"的反讽,嘲笑那些笑话他豁齿的"儿曹",这表现出他的旷达,也表现出他的倨傲。为什么呢?这里的"儿曹",未必只是他家里的子孙辈,而兼容了所有的年少得意之辈对于老年人的态度。在这一个层次上,可以说词人是旷达的。如果更进一步,理解到"儿曹"在骨子里还兼指他心中的政敌和"假想敌",即那些春风得意的当权派。他们若笑话他年老齿落的话,很显然就带有幸灾乐祸的味道。因此,作者若对他们说一句"狗窦"的戏谑,显然其中也含有老而倨傲的意味。妙的是,他把这最深隐的思想隐藏得很成功,让读者一见之下,只感到他的旷达诙谐;而细品之下,也能隐隐感受到他的情感锋芒。

此词的主要特色是用典浑化,如撒盐于水,不复见盐粒,只觉水味不薄。与其中深刻的人生寓意并存不悖。人多谓锻炼精警易,天然入妙难。这首词如果不从词的婉约化抒情特征去轩轾它,也可算是天然入妙的作品。

# 水龙吟①

老来曾识渊明,梦中一见参差是②。觉来幽恨,停觞不御,欲歌还止③。白发西风,折腰五斗,不应堪此④。问北窗高卧,东篱自醉,应别有,归来意⑤。　　须信此翁未死,到如今凛然生气⑥。吾侪心事,古今长在,高山流水⑦。富贵他年,直饶未免,也应无味⑧。甚东山何事,当时也道,为苍生起⑨?

[注释]

①当为晚年隐居瓢泉时作。

②参差:仿佛。

③觞:酒杯。御:用,引申为饮。

④此言陶渊明不堪忍受"折腰"的耻辱,宁肯白发萧萧对西风,辞官归隐。

⑤此言陶渊明辞官归隐,在北窗下休眠,在东篱下把酒赏菊,应别有深意。

⑥凛然:严肃貌,令人敬畏貌。

⑦吾侪:我们。高山流水:指山水胜赏。

⑧富贵……未免:用谢安语。直饶:纵使。

⑨此言为什么谢安当年要说为了苍生而起用?甚:怎么。东山:谢安曾隐居东山,此以之代指谢安。苍生:黎民百姓。

[点评]

　　词以"老来曾识"领起,语简意深。因为对渊明的举动,不经过与现实的反复碰撞,像他这样一个具有英雄豪杰之气的人,是很难理解的。因为日思夜想,渊明竟然由"抽象的存在"转为"实体的存在",可以凝聚成他的梦中知音了。接韵写他从梦中醒来时的爽然若失:饮酒没了情致,歌吟没了意趣。陶渊明那耿直正派、不为五斗米折腰的品节使作者深深折服,他主动地做出辞官归隐的决定,这在官场诸公中很少见。作者认为陶的归隐是因他看不惯官场的黑暗污浊,于是采取洁身自好的态度以与之决裂;二是认为只有山水才是清洁的场所,与陶的精神趣味完全相融。

　　下片更明白地引陶渊明为异代知己,并以始隐终出的谢安为反衬,表明志在高山流水的情操。过片两句,直接出以热情淋漓的赞美,把陶渊明流芳不灭的生气揭示出来,并且在见识上超过了以往"田园诗人"对陶渊明的定评,看到了陶渊明心中鄙视俗情的凛然生气。自己与他是一对异代知己。他更以反问的语气，对那些不能完全脱离富贵心机的人们，以"为苍生起"为幌子，行求取富贵之实的行为，加以嘲笑和揭露，很有一种看破的清醒。本来，谢安的出山，也确实拯救了东晋王朝乃至东晋的"苍生"。对于像他这样的人物，作者尤且加以嘲讽，那么，对于那些不如谢安之辈的嘲讽，又当如何辛辣！不过，稼轩词结韵的意思，还不止于此。在他对谢安加以嘲讽的问句中，也还含有自己思"为苍生起"而不可得的隐痛，可谓"不著一字，尽得风流"。

后夜相思月满船

# 木兰花慢

## 滁州送范倅①

老来情味减,对别酒,怯流年②。况屈指中秋,十分好月,不照人圆。无情水、都不管,共西风、只管送归船。秋晚莼鲈江上,夜深儿女灯前③。

征衫。便好去朝天。玉殿正思贤。想夜半承明,留教视草,却遣筹边④。长安故人问我,道愁肠殢酒只依然⑤。目断秋霄落雁,醉来时响空弦⑥。

[注释]

①作于乾道八年(1172)滁州任上。范倅:范昂,时由滁州通判任满,奉诏返京。倅:副职。

②老来:稼轩此时只有三十三岁,这里应是他心理年龄的自我感觉。情味:犹言情趣。流年:似水光阴。

③莼鲈:莼菜和鲈鱼。

④朝天:朝见天子。玉殿:代指朝廷。承明:承明庐:汉代宫中设承明庐,作为文学侍臣值班和起草文件处。视草:修改诏书。却遣筹边:又被派去筹划边境事务。

⑤殢酒:沉溺于酒。

⑥此用更羸射雁事。《战国策·赵策》:更羸与魏王立于京

台下,仰见飞鸟,更赢说他能引弓虚发而射鸟。一会儿他果然虚发而射下一雁。魏王问原因,他说这是只旧伤未愈的孤雁,闻弓响欲高飞,结果伤口迸裂而跌下。目断:目送。

## [点评]

词上阕惜别。共分三层。起韵既点出送别之事,也表明送别之情。值得注意的是,作者写此词时才三十三岁,却已经觉得衰老,感到情怀无复年轻时的飞扬,并且对时间的流逝由衷地感到敏感。这是为什么呢? 这是因为他对生命的期许无比的高。但南来已经有十年之久,却功业未就,岁月虚度。一个以英雄自许的人,怎能不痛心、灰心与忧心?! 有这样的起句,就为全词奠定了基调。朋友又要离别,况且离别在已近中秋月圆人聚时,这就不能不使他怨恨那"十分好月"了。不仅月亮可怨,连送行舟的流水也可恨,因为它是如此无情,和西风一起好不快捷地送朋友离他东去。

下片词情较复杂,而主要表现为对于国事的关怀之意,对于朋友的勖勉之情,以及自己虽忧谗畏讥但仍望有所作为的衷曲。他勉励朋友不要忘怀时事,而要有所作为。他期待朋友受到朝廷的重用,既充分展露自己的文才,做历代文臣引以为荣的天子身边的近臣——诏书起草者;又能被委任以筹划边防事务的重任,为收复中原的事业做出贡献。三韵借"长安故人问我"的虚设话头,引出了自己的满腹牢骚。他说自己依旧愁肠满腹,依旧借酒浇愁。

在艺术上,这首风格刚柔相济的词,有三方面值得注意。其一是层层推进的抒情手法。其二是文思跳宕、一波三折的结构特征:词将不同时间(此刻——月圆)、不同空间(此处——江上、灯前、长安)里的形象衔接在一起,显得十分自然。其三是妙用典故、融化无痕的技巧。上阕的末韵与下阕的结韵句句用典,而又似即景叙情,典故已经化成了作者抒情的语言元素,而不再是拦在词句里的"语言石虎"了。

# 鹧鸪天

## 离豫章,别司马汉章大监①

聚散匆匆不偶然,二年历遍楚山川②。但将痛饮酬风月,莫放离歌入管弦③。 萦绿带,点青钱,东湖春水碧连天④。明朝放我东归去,后夜相思月满船。

[注释]

①作于淳熙五年(1178)春。豫章:江西南昌。司马汉章:司马倬字汉章,时任江南东路提点刑狱,故称"监"或"大监"。
②"二年"句:稼轩自前年秋至今年春不足两年,却调动三次,宦迹所至江西、湖北一带,旧属楚地,故有此语。
③酬:答谢。风月:代指美景。莫放:莫奏。
④东湖:在江西南昌东南,为境内名胜。

[点评]

这首以小令写成的离别词,风格含蓄蕴藉,体势既整饬又流美。

起韵借聚散兴感,吐露自己对于被频繁调动的牢骚不满情绪。作者从淳熙三年到五年的短短时间内,先后被调动三次,匆匆来往于今江西、湖北等地,简直疲于奔命,来不及有所建树。为什么呢?追思以往经历,他不能不感到南宋统治者对他这样一个赤心来归的爱国者的防备和猜忌,这令他感到特别痛苦和不满。下两句,忽然一转,转到饯别的宴会上来,写自己只愿意和朋友一起为了美丽的风光而畅饮,而不愿让离歌别曲深化自己的别离之愁。

过片承上文的"酬风月"而来,写饯别处的东湖美景如画,想象别后殷切思念朋友的情境,妙在情景交融。尤其是"后夜相思月满船"之语,写境不隔,写情浓郁,简直是妙手偶得的佳句。

# 鹧鸪天

## 送人①

唱彻阳关泪未干,功名余事且加餐②。浮天水送无穷树,带雨云埋一半山。　　今古恨,几千般,只应离合是悲欢?江头未是风波恶,别有人间行路难③。

[注释]

①闲居带湖之作。

②阳关:王维的《渭城曲》,经乐工衍为三叠,专供离别时演唱,称《阳关三叠》。加餐:言多吃饭,保重身体健康。

③行路难:汉乐府杂曲有《行路难》一支,后刘宋诗人鲍照作《拟行路难十八首》,咏写种种人世忧患和悲愤。此巧借歌名。

[点评]

这首送别词貌似放达,却中含忧愤。在短章小令之中,不仅包含了真挚的情谊,而且包蕴了特别深沉的感慨,所以滋味醇厚。

上阕开篇,即用《阳关曲》显示离别之意,写出了稼轩对于友人的情重之貌。接句含意更丰富:第一,他确是在劝勉关怀友人,要他自己保重,多吃安乐酒饭,少想建功立业那些身外事。第二,"功名余事"一语,由念念不忘西北神州、十分渴望建功立业的稼轩口中说出,显然包含着难言的苦衷,暗寓着时政不明、不可进取的悲酸。眺望友人将去之路,下见两岸树木似在送别,无边流水也在送行,仰见雨云笼盖到半山腰间。似水的情意,如山的忧郁,就在这湿漉漉、阴沉沉的风景中显示了出来。将眼界扩大到整个历史人生的角度去。下片在别情的基础上宕开,提醒朋友:官场险恶,政治风波更须小心防备——这是稼轩归南数十年政治遭遇的自我总结。

词由别愁而写到国事堪恨,由自然风波推衍到政治风波,深刻地暗示出主战派爱国事业实现的艰难。

# 贺新郎

## 陈同父自东阳来过余①

把酒长亭说。看渊明、风流酷似,卧龙诸葛②。何处飞来林间鹊,蹙踏松梢残雪？要破帽、多添华发。剩水残山无态度,被疏梅、料理成风月③。两三雁,也萧瑟。　　佳人重约还轻别④。怅清江、天寒不渡,水深冰合。路断车轮生四角,此地行人销骨。问谁使、君来愁绝⑤？铸就而今相思错,料当初、费尽人间铁⑥。长夜笛,莫吹裂⑦。

[注释]

①本词原题为:《陈同父自东阳来过余,留十日,与之同游鹅湖,且会朱晦庵于紫溪。不至,飘然东归。既别之明日,余意中殊恋恋,复欲追路,至鹭鸶林,则雪深泥滑,不得前矣。独饮方村,怅然久之,颇恨挽留之不遂也。夜半投宿吴氏泉湖四望楼,闻邻笛悲甚,为赋〈乳燕飞〉以见意。又五日,同父书来索词,心所同然者如此,可发千里一笑》。作于淳熙十五年(1188)冬,时稼轩罢居带湖。陈同父:陈亮字同父,婺

州永康(今属浙江)人。南宋杰出的思想家。为人才气豪迈,喜谈兵,主抗战,与稼轩志同道合,交往甚密。鹅湖:在铅山东北鹅湖山上。朱晦庵:朱熹,南宋著名理学家、哲学家。早年主战,晚年主和,与辛、陈政见相左。追路:追陈亮于道路。《乳燕飞》:《贺新郎》的别名。

②此言陶渊明与诸葛亮一样风流风俗。

③蹙踏:踢踏。无态度:没有生气。料理:装点。

④佳人:指陈亮。

⑤车轮生四角:喻泥泞难行。行人:指陈亮及自己。销骨:形容极度悲伤。君:自指。来:语助词。

⑥此言极度后悔没能挽留住陈亮,如今难捺相思。典出《资治通鉴》卷二六五:唐末魏州节度使罗绍威为应付军内不协,请来朱全忠大军弹压。朱军在魏州半年,罗绍威虽然得以解危,但所有积蓄被朱军消耗一空,军力自此衰弱。他后悔地说:"合六州四十三县铁,不能为此错也。"错:明指错刀,暗指错误。

⑦此言笛声嘹亮,激起自己思友、伤国之情。

[点评]

这首追忆与陈亮的交会与抒发别情的词作,写得勃郁动荡,笔力奇重,是稼轩词中的名篇。

全词主要抒写了他与陈亮之间志同道合的深挚友谊,同时在写景抒情中含有深刻的象征意味。他们都觉得,归隐田园的陶渊明和起而用世的诸葛亮,可以被看成是一体的两面,所以一样风流。但其中实有深意:词人是用不合流俗的陶渊明比拟陈亮的高洁志趣,以卧龙诸葛亮比拟陈亮的非凡才干。所写景象,隐含作者对山河破碎、偏安一隅的南宋政局的失望,和对南宋越来越少的爱国志士无望的坚忍表示感慨之意。

下片重在抒发眷念不舍的友情,把惜别之情抒发得极为深挚动人。写他追赶朋友、为风雪所阻的情事作准备。清江冰合,陆路泥泞。水陆都不可以前行,追赶也就成了泡影。没有能够挽留住朋友而生而倍感后悔,它兼而谴责了南宋统治者采取投降路线,结果弄得南北分裂,山河相望而不得相合的莫大错误。这样的抒情重笔,只有包含了这种分量的内涵,才辞称其情。结韵写他在心绪不宁之夜,听笛而悲的情感,是以上感情激荡后的余音,是惜别与家国之感的余痛,令人怆然惊心,可谓是余情哀切而绵远。

# 临江仙

## 再用韵送祐之弟归浮梁①

钟鼎山林都是梦,人间宠辱休惊②。只消闲处过平生:酒杯秋吸露,诗句夜裁冰③。　　记取小窗风雨夜,对床灯火多情。问谁千里伴君行?晓山眉样翠,秋水镜般明。

[注释]

①闲居带湖之作。祐之:稼轩族弟。浮梁:今江西省浮梁县。

②谓无论在朝在野,人生都不过是场幻梦,不必为世间的宠辱得失而自我惊扰。钟鼎:古时乐器和食器,上面常刻有记事表功的文字,此喻在朝为官。山林:喻在野为隐士。
③露:指如甘露的美酒。冰:指冰清雪洁的诗句。

[点评]

　　这首送别词,充满了对族弟的劝慰和关爱之情,写得通脱俊逸,足见作者对于人生重新加以理解的高怀逸兴。

　　起句以"梦"的空无,等量齐观在朝在野的荣辱,并且因之而劝慰族弟休要感到宦海升沉有什么可怪。这里外示旷达而内含悲凉,其中包含着很深的感慨。以下则以劝慰为主。"只消"一句紧接上韵而来,既然"都是梦",不须"惊",显然就可以消消停停地闲居终老,不必将得失挂怀了。那么他所说的"闲处"是怎样的呢? 是"吸露""裁冰"那样的诗酒流连生活。这种生活显然是纯任性情而超乎得失之外的。

　　换头把当前雨夜对床、挑灯夜话的手足情谊,传递得如诗如画,同时又亲切动人。"记取"一词,意谓这情景是别后的追忆,别后当记着这段兄弟对床夜话的温馨情谊。结尾三句,始正面翻出送别之意。本来,这一问句中既是说他千里独行,也可能导致一个缠绵哀怨的结局。但作者却避开俗套,以晓山如眉、秋水如镜陪伴行人远行归家的画面,代为想象出这一段旅途风景的美丽。有此佳山好水相伴千里,又何必再有闲愁? 抒发别情而写得清俊通脱,的确是送别词中不同常态的佳构。

⊙

# 定风波

## 席上送范廓之游建康①

　　听我樽前醉后歌，人生无奈别离何。但使情亲千里近，须信：无情对面是山河。　　寄语石头城下水，居士，而今浑不怕风波②。借使未成鸥鸟伴，经惯，也应学得老渔蓑③。

[注释]

①作于绍熙元年（1190），时作者仍在带湖闲居。范廓之：即其门人范开。建康：江苏南京。

②石头城：故址在南京西。居士：指未做官的人。风波：此指政治风波。

③借使：即使。经惯：已经习惯了隐居生活。渔蓑：渔夫。

[点评]

　　上片主写别情。起句点题，接句写人生不能不被别离困扰而又对之无奈。看起来很悲哀，但又有高屋建瓴的超爽。接韵重在表明，心灵的相通比肉体的接近更有意义，这是真正懂得人生、懂得情缘的过来人的觉悟。

　　下片表明自己在心理上已完成了归隐。他借题面上范廓之的远行建康,来寄语"石头城下水",说自己已经完全不再害怕人生的风波了。作者以无灵的"石头城下水"代指建康故人,颇为含蓄有味,且使"风波"一词有水作凭借。然后他以退为进,说自己即使还没能完全泯灭机心,但也绝无出仕之意,已经学会了像老渔人那样,过自然淳朴的隐居生活了。

# 贺新郎

## 别茂嘉十二弟①

　　绿树听鹈鴂。更那堪、鹧鸪声住,杜鹃声切。啼到春归无寻处,苦恨芳菲都歇②。算未抵、人间离别。马上琵琶关塞黑,更长门、翠辇辞金阙③。看燕燕,送归妾④。　　将军百战身名裂⑤。向河梁、回头万里,故人长绝。易水萧萧西风冷,满座衣冠似雪。正壮士、悲歌未彻⑥。啼鸟还知如许恨,料不啼、清泪长啼血。谁共我,醉明月?

[注释]

①此闲居瓢泉之作。茂嘉:稼轩族弟。
②鹈鴂、杜鹃、鹧鸪:三种鸟,啼声皆悲。芳菲都歇:言花落春

去。

③"马上"两句：言昭君出塞，别离汉宫。关塞黑：边塞一片
昏暗。长门：汉武帝曾废陈皇后于长门宫，后长门泛指失意
后妃所居地。此处借言失意的昭君辞汉。按：有人以为这里
用长门本事，亦通。

④"看燕燕"两句：言庄姜送归妾。《诗经·邶风·燕燕》：
"燕燕于飞，差池其羽；之子于归，远送于野。"《毛传》言此诗
是"卫庄姜送归妾"。

⑤"将军"三句：言李陵别苏武。李陵为汉武帝时抗击匈奴
的名将，后兵败被迫投降匈奴，汉武帝下令杀其全家。苏武
与李陵为同时代人，奉命出使匈奴，被羁不降，北海牧羊十九
年而持节不屈，终得返汉。苏武归汉，李陵饯别河梁。河梁：
桥。故人：指苏武。长绝：永别。

⑥"易水"三句：言荆轲离燕赴秦刺秦王。《史记·刺客列
传》：战国末年，燕太子丹命荆轲出使秦国，相机刺秦王。临
行之际，太子丹及众宾客白衣素服送荆轲等于易水上。荆轲
歌曰："风萧萧兮易水寒，壮士一去兮不复还。"未彻：尚未唱
完，意谓声犹在耳。

[点评]

　　这首送别族弟远调桂林的词作，打破上下片分段的惯
例，又不正面抒情，而是一口气叠用四个含义丰富的典故，借
以抒发悲痛难名的感情，至篇末才举出本意，这在词中实属
别调。此词笔力排宕，词气沉痛而激荡，显示出作者那无比
强烈的家国之情。

　　词的起处，先后用三种鸟的叫声，暗示春天渐渐归去的

情景:鹈鴂先鸣,鹧鸪才住,杜鹃继起。它们的啼叫声都是那么悲切,而先后在暮春时放声,不禁在词人心中引起了难以承受的苦恼。想起失意的王昭君悲痛地辞别汉宫,怀抱琵琶远行关外;卫庄公的姬妾永辞卫宫,庄姜无奈远送的情景。这些典故,不仅与作者对其族弟的才而见黜、自己含情相送的心情很切合,也曲折表达出作者自己才美而不见用的身世之悲。

换头意脉不断,接写两位壮士的永别之恨:一是身经百战、不得已投降匈奴的李陵,送别不屈的苏武由匈奴归还汉朝。作者将李陵的恨别写得十分悲凉,壮志未酬之恨,好友离别之痛,李陵一身承担。接着,他写到了荆轲易水辞别主人、西去刺秦的悲壮之别。这些离别的典故之中所包含的壮志难酬的悲愤和一去不复返的悲情,却与作者的这场眼前恨别很近似。

# 山鬼谣

## 雨岩有石①

问何年、此山来此？西风落日无语。看君似是羲皇上，直作太初名汝②。溪上路，算只有、红尘不到今犹古。一杯谁举？笑我醉呼君，崔嵬未起，山鸟覆杯去③。　　须记取：昨夜龙湫风雨。门前石浪掀舞④。四更山鬼吹灯啸，惊倒世间儿女。依约处，还问我，清游杖屦公良苦⑤。神交心许。待万里携君，鞭笞鸾凤，诵我远游赋⑥。

［注释］

①此闲居带湖之作。本词原题为：《雨岩有石，状怪甚，取〈离骚·九歌〉，名曰山鬼，因赋〈摸鱼儿〉，改今名》。《山鬼谣》：即《摸鱼儿》。《离骚·九歌》：屈原所作，凡十一篇。其第九篇名《山鬼》，歌咏一位寂寞的山中女神。

②此言怪石来历久远，淳朴天然。羲皇上：伏羲氏以前的人。

③崔嵬：高大耸立貌，代指怪石。覆杯：打翻了酒杯。

④龙湫：龙潭。石浪：指有波浪形纹路的巨大怪石。

⑤依约处：依稀恍惚间。杖屦：出游登山用的手杖和麻鞋。

⑥神交心许:精神交流,心意互许。鞭笞鸾凤:即乘鸾驾凤,遨游天空。《远游》:《楚辞》有《远游》篇,此代指作者的词作。

[点评]

雨岩有一块大怪石,词人借取《楚辞·九歌》中《山鬼》一篇的辞意,称它为"山鬼",并为它作了这首《山鬼谣》,也就是《摸鱼儿》。为一块石头取名并赋词,这本身就够奇怪的。而更奇怪的是他采取了《山鬼》中人神之恋的抒情方法,与这块石头"神交心许"。这就赋予了全词十分明显的浪漫主义气息。

词的上片,主要赋写雨岩的身世品行。破空一问,问山(雨岩)何时飞来,意在创造一种他独自面对天地万物的苍茫境界。雨岩处于偏远之地,是它之所以能够保持混沌朴拙风貌的原因。他希望高大耸立的怪石举杯与他共饮。他觉得可笑的是,大块的怪石没有起身,而山鸟倒飞来把他放在怪石上的杯子踏翻了。

下片主要赋写怪石的超凡潜力,龙湫夜来风雨,被他称名为"山鬼"的巨石,虽然长有三十多丈,却在昨夜乘风雨之势而翻飞起舞。这景象简直匪夷所思。他还进一步写它在昨夜四更天曾变成吹灯的山鬼,发出奇怪的呼啸,把世间一般儿女都吓得胆战心惊。这块长在太古深山里的怪石,在词人的魔笔下,成了足以令世人震惊恐惧的超自然物。它其实是词人愤郁已久的自我精神一次张扬。作者与它彼此之间精神相通,心意互许。作者兴奋地设想道,自己将要与这块来自太初的怪石,一起乘鸾驾凤,朗吟《远游赋》,携手遨游

于万里昊天之外。表明了词人想摆脱生存局限而向往无限
自由的豪酣之情。

## 水调歌头

### 我志在寥阔①

　　我志在寥阔,畴昔梦登天②。摩挲素月,人世
俯仰已千年③。有客骖鸾并凤,云遇青山赤壁,相
约上高寒④。酌酒援北斗,我亦虱其间⑤。　　少
歌曰:"神甚放,形则眠。鸿鹄一再高举,天地睹方
圆⑥。"欲重歌兮梦觉,推枕惘然独念:人世底亏
全⑦? 有美人可语,秋水隔婵娟⑧。

[注释]

①本词原题为:《赵昌父七月望日用东坡韵叙太白、东坡事
见寄,过相襃借,且有秋水之约。八月十四日余卧病博山寺
中,因用韵为谢,兼寄吴子似》。作于闲居铅山时期。赵昌
父:名蕃。家居信州玉山之章泉。过相襃借:对我过于赞扬。
秋水之约:约会于瓢泉秋水观。
②寥阔:此指太空。畴昔:从前。屈原《楚辞·九章》:"昔余
梦登天兮。"

③摩挲：抚摩。素月：皎洁之月。

④客：指赵昌父。骖鸾并凤：以鸾凤为驾车的工具。青山、赤壁：李白死后葬于青山（在安徽当涂县），苏轼曾有赤壁之游。这里代指李白和苏轼。高寒：指月宫。

⑤他们以北斗星为勺，舀酒畅饮，我也有幸厕身其间。虱：极言无才而渺小。

⑥少歌：轻声吟唱。"神甚放"两句：神魂自由腾飞，而身体则安眠不动。鸿鹄：指能展翅高飞的大鸟。此两句言神魂如鸿鹄不断腾飞，看到了天地的全貌。

⑦底：为什么。亏全：缺损和圆满。

⑧此化用杜甫《寄韩谏议》："美人娟娟隔秋水。"美人：此指吴子似。婵娟：姿容美好。

[点评]

这是一首借梦抒怀之作。作者借一个登天的奇梦，表达自己向往超脱于时空局限、精神上获得最大自由的思想感情。这一向往超脱的思想感情，实际上是他在隐居瓢泉时期，日常生活过于平静、精神上又因为理想的失败而十分苦闷的曲折反映。

词起笔所写，是入梦的前因。"寥廓"一词借用辽阔无边的空间世界，来隐喻他内心世界的无边广阔，写得气魄不凡。在这个梦里，他是独立的，气魄大得也空前绝后。因为即使是有浪漫气息的文人，对于月亮也只能生出钟情的仰望，至多也不过是能够进入月宫斫桂见仙。谁能够像词人这样，把月亮当成手中的一件不经意的玩意儿来"摩挲"？在这个梦境中，词人忘却了生死、古今、远近、天人之别，与精神相得者做朋友,随意在天上遨游,随意拿起北斗来为我所用。这是多么壮伟奇幻的境界!

下片接写这一梦境,而由上片的叙事转为抒情。他们边饮酒遨游,边轻声歌吟,为自己精神暂时脱离肉身向高处一再飞翔无碍而歌唱。但是在醒来之后,只能回到人世的局限中来,并对这局限感到深深的遗憾与苦闷。全词可说是结得干净但又情韵蕴藉。

此词境界雄阔,内容幻丽,想象丰富,笔势奇放,虽然是在病中写成,却无一点衰飒气。在措辞造境上,借用《离骚》、苏轼、贾谊、杜甫诗文中的语言,又以自己的心胸融化之,语如己出,足见才力非凡。

# 水龙吟

## 用"些"语再题瓢泉①

听兮清佩琼瑶些。明兮镜秋毫些②。君无去此,流昏涨腻,生蓬蒿些③。虎豹甘人,渴而饮汝,宁猿猱些④。大而流江海,覆舟如芥,君无助,狂涛些⑤。　　路险兮山高些。块余独处无聊些⑥。冬槽春盎,归来为我,制松醪些⑦。其外芬芳,团龙片凤,煮云膏些⑧。古人兮既往,嗟余之乐,乐箪瓢些。

[注释]

①当为庆元元年(1195)作。本词原题为:《用"些"语再题瓢泉,歌以饮客,声韵甚谐,客皆为之釂》。釂:干杯。

②清佩琼瑶:言泉水如玉佩叮咚。镜:此作照见讲。秋毫:代指最细微的东西。

③流昏涨腻:言山外浊水污秽。

④甘人:喜食人,以人肉为美味。宁猿猱:宁愿给(食果子的)猿猱饮用。

⑤大:壮大,指瓢泉与他水合流。覆舟如芥:弄翻船只如弄翻一颗芥子那样容易。

⑥块余独处:谓孤独自处。

⑦槽:酿酒用的槽床。松醪:松子酒。

⑧其外:除酿酒外。团龙片凤:皆茶名。云膏:形容煎好的茶软滑柔腻如同云脂油膏。

⑨古人:此指孔门弟子颜回。箪、瓢:盛饭用的圆竹器和饮水用的瓜瓢。孔子曾赞扬颜回所过的陋巷独处、箪食瓢饮而不改其乐的生活。

[点评]

这是词中的异调,是仿《楚辞·招魂》一体而成。

上片劝说瓢泉留在深山中,不要出山去遭污染或助纣为虐。赞美泉水奔流时如玉佩叮咚清脆,水色清亮明洁如镜,劝瓢泉不要出山,去受污染。二劝瓢泉不要离开此地为坏人所用。与其去为那以人肉为美食的虎豹解渴,还不如留在此地为以野果为食物的猿猱饮用。三劝瓢泉不要与他水汇流，进入江海，为覆舟杀生推波助澜。这三劝，看起来不可思议，却层层推进，借要求瓢泉高洁自守而自抒情怀。

下片借为已经流逝的泉水招魂，来慨叹自己幽居无聊，并要求泉水为他解愁去烦。表明自己的志趣所在：厌恶污浊的现实环境，甘愿独自追步古代安贫乐道的贤人，以竹箪取食、以瓜瓢饮水，过一种极为简单纯洁的生活。

# 兰陵王

## 恨之极①

恨之极，恨极消磨不得！苌弘事，人道后来，其血三年化为碧②。郑人缓也泣：吾父攻儒助墨。十年梦，沉痛化余，秋柏之间既为实③。　　相思重相忆。被怨结中肠，潜动精魄。望夫江上岩岩立。嗟一念中变，后期长绝④。君看启母愤所激，又俄顷为石⑤。　　难敌，最多力⑥。甚一忿沉渊，精气为物？依然困斗牛磨角。便影入山骨，至今雕琢。寻思人世，只合化、梦中蝶⑦。

[注释]

①作于庆元五年（1199），时稼轩闲居瓢泉。本词原题为：

《己未八月二十日夜，梦有人以石砚屏见饷者。其色如玉，光润可爱。中有一牛，磨角作斗状。云："湘潭里有张其姓者，多力善斗，号张难敌。一日，与人搏，偶败，怒赴河而死。居三日，其家人来视之，浮水上，则牛耳。自后并水之山往往有此石，或得之，里中辄不利。"梦中异之，为作诗数百言，大抵皆取古之怨愤变化异物等事，觉而忘其言。后三日，赋词以识其异》。石研屏：石磨屏。饷：赠。识：记。

②《庄子·外物篇》："苌弘死于蜀，藏其血，三年化而为碧。"此极言其怨愤而忠贞精诚。

③《庄子·列御寇》称，郑国人缓读书成为儒家学者，其乡里和家族都受其益不浅。后他又教育其弟弟成为墨家学者。当儒家和墨家辩论时，其父却助墨攻儒。十年后缓自杀。其父梦见缓对他说："使你的儿子成为墨家学者的是我，你何不来看看我的坟，我已经化作松柏并结出果实了。"

④此言江边的望夫石，也是一个怨望的妇女精气所化。典出《初学记》引《幽明录》。

⑤相传大禹娶涂山氏女，生子启。后启母化为石。

⑥"难敌"以下七句，赋写词序中张难敌化石故事。山骨：指山石。

⑦是非难论，人生如梦。此用庄周梦中化蝶事。

[点评]

这首词，借古代因怨愤而变化为异物的人的故事为发端，引出张难敌的怨愤变化故事，表达了作者对这些事情的感受，以及借它们以摅写心中郁愤的目的。

全词共分三片。起韵讲无法消磨的极端怨恨，写了两位男子因怨恨而变化为异物的故事。其一是著名的苌弘血三年化为碧玉的故事,其二是郑人缓的故事。又两位女子因怨愤而变化为异物的故事。她们相思相忆,然而所爱的男子,一个中道变心不再归来,一个是巡游天下、不再归家的大禹。奋烈而不堪的她们,一个在江边化为一块著名的望夫石,一个在华山中岳上化为一块有名的"夏后启母石"。

这四个古人变化的故事,苌弘血所化是碧玉,碧玉是从石头里生成;郑人缓所化的是松柏之果实,果实的实,与石头的石谐音;至于两个相思、奋烈欲狂的女子,她们干脆就是化为山上、江边的石头。大力士张难敌不仅先投河忿死而变化为一头斗牛,而且还把这斗牛的形象映入石头,变成远比斗牛坚牢、又远比其他化石者形象突出的石中斗牛——直到死去,他那斗士的形象也依然不灭。则他的怨愤和精气,又比其他化为异物者浓烈、刚毅多了。作者排比这五个故事的用意,也能由此明白:他不仅借以摅写自己的沉积块垒,且在骨子里盼望像张难敌那样至死不改本性和心意。

# 生查子

## 简吴子似县尉①

　　高人千丈崖，太古储冰雪②。六月火云时，一见森毛发③。　　俗人如盗泉，照影都昏浊④。高处挂吾瓢，不饮吾宁渴⑤。

[注释]

①作于庆元六年左右。简：书信。此作动词用。吴子似：见前《沁园春·我见君来》注①。

②"高人"两句：言高人如千丈冰雪高崖。太古：远古。

③森毛发：毛发森然，此含凛然敬畏之意。

④盗泉：在今山东泗水县。

⑤高处挂瓢：此处指隐居，含清高之意。不饮宁渴：《尸子》："孔子过于盗泉，渴矣而不饮，恶其名也。"

[点评]

　　本词书以代简，形式别致，扬清激浊，主旨明朗，表明了他对吴子似等一辈高人君子的亲近以及厌弃龌龊小人的鲜明态度。

　　上片盛赞高人，其精神境界如千丈冰崖。面对这样的高人，陡然一醒、毛发俱寒的生理状态，写出了他面对高人时的崇敬与仰止。下片严斥俗人,厌恶之情喷薄而出。俗人如浑浊不堪的盗泉,品质的肮脏和精神的浑浊,隐现作者的厌恶之心。既然如盗泉似的俗人连"照影"都不配,那就更不配为自己饮用解渴了。他以挂瓢于高处,渴不饮盗泉水的举动,完成了对自我形象的勾勒。这里的"挂瓢",暗切他的瓢泉居所,又巧用典故,浑如天成。

全词运用对比手法来构章,效果鲜明,生发的隐喻象征系统,表明了他对高人和俗人的不同观感和态度,尽收凝练含蓄而形象鲜明的功效。

# 西江月

## 遣兴

醉里且贪欢笑,要愁那得工夫!近来始觉古人书,信着全无是处①。　　昨夜松边醉倒,问松:"我醉何如?"只疑松动要来扶,以手推松曰:"去!"

[注释]

①此处意出《孟子·尽心》:"尽信书,则不如无书。"辛词借以表达对于现实的不满。觉:领悟。

[点评]

全词围绕一个"醉"字来写,写他的借醉浇愁,借酒抒愤。

上片写他特意进入醉乡以贪欢取乐的心理,在醉乡没有工夫发愁,实在是因愁苦太深而不得不躲进醉乡的。接韵浩叹道,自己完全不必信从古书教义,古人书中思想和教诲一无是处。这是一个愤激的反语,借此反语讽刺和针砭当时政治上没有是非的混乱情状,并表达自己以治国平天下的古训为政治理想,反而遭受太多打击和诬陷的愤懑。

下片追忆"昨夜松边醉倒"一幕,写自己的醉后狂态,选择醉倒在松的身下,是颇有意味的:在充满了名利争夺、纷扰浑浊的世间,只有松这样高标直立、不畏严寒的植物,才能成为他的心灵象喻,才配成为他倾诉心声的对象。

# 木兰花慢

## 可怜今夕月①

可怜今夕月,向何处、去悠悠?是别有人间,那边才见,光影东头?是天外,空汗漫,但长风浩浩送中秋②?飞镜无根谁系?姮娥不嫁谁留③?

谓经海底问无由,恍惚使人愁。怕万里长鲸,纵横触破,玉殿琼楼④。虾蟆故堪浴水,问云何玉兔解沉浮⑤?若道都齐无恙,云何渐渐如钩⑥?

[注释]

①本词原题为:《中秋饮酒将旦,客谓前人诗词有赋待月,无送月者,因用〈天问〉体赋》。《天问》,屈原所作。作者提出一百七十多个包孕广泛的自然、社会问题,表现出勇于探索的精神。

②可怜:可爱。光影:指月光。空汗漫:空虚莫测,广大无际。

③飞镜:李白《古朗月行》:"小时不识月,呼作白玉盘。又疑瑶台镜,飞在青云端。"姮娥不嫁:据神话传说,嫦娥偷食丈夫后羿要来的灵药,乘风奔月,从此永居月宫。

④问无由:无从查问。恍惚:迷离恍惚,难以捉摸。玉殿琼楼:传说月亮中有玉殿琼楼,故月亮又可称为"月宫"。

⑤传说月亮中有金蟾戏水,白兔捣药。

⑥齐无恙:一切安然无恙。云何:为什么。云:语助词。

[点评]

这是一首十分新颖的赋月词。说它新颖,是因为它在以下四个方面都有突破。

第一,如题上所言,前人只有咏写待月的诗词,没有送月的诗词,这就使本词在咏月的角度上很新颖。第二,他引借屈原《天问》体诗入词,连珠炮似的对月亮提出七个问题。第三,他所问的内容与近代天体学说暗合,不仅觉悟到月亮绕着地球转动的事实,还对于天体间引力和斥力有所感悟,因此闪烁着对于宇宙奥秘加以探求者那聪明睿智的思想光辉。这是最为重要的创新——思想内容上的创新。第四,它融想象、灵感和丰美瑰丽的描绘于一炉,造出了富有浪漫主义特征的新境界。这是美感风貌上的创新。这一笔,就使词由送月延伸出去而涵盖了当时人所可能具有的全部月亮知识,显示出他因这一场问月而对月亮具有的全面关怀。词就这样融合了奇瑰的神话和深邃的想象以及合理的推测,把由送月引起的词人对于月亮的全面探索与深度困惑,写得透足而富有情趣。

望飞来半空鸥鹭

# 太常引

## 建康中秋夜为吕叔潜赋①

　　一轮秋影转金波，飞镜又重磨。把酒问姮娥：被白发欺人奈何②？　　乘风好去，长空万里，直下看山河。斫去桂婆娑，人道是清光更多③。

[注释]

①作于淳熙元年(1174)中秋。吕叔潜：名大虬。

②飞镜：李白《古朗月行》："又疑瑶台镜，飞在青云端。"姮娥：神话传说中的月里嫦娥。

③此化用杜甫《一百五日夜对月》："斫去月中桂，清光应更多。"婆娑：枝叶舞动貌。

[点评]

　　这首以月亮为抒情线索的赠友词，借他人之酒杯，浇自己之块垒，写出了词人心中的悲愤和豪情。

　　上片开头就紧扣月亮入题，把圆月比为重磨的飞镜，显示明月的灵动之美。接韵笔锋一转，向月中嫦娥问了一个令他深感苦恼的问题：白发专门欺负我，在我的头上肆意生长，奈何？词人赏月而想起月中长生不老的嫦娥，因她的不老而想到自己的日渐衰老，因此举杯一问。有情在于：这一问的

状景品题·望飞来半空鸥鹭

⊙
185

意蕴十分复杂，在表层上，他因面对永恒而表达了对于个人年命的幽思。在深层里，他对于抗金复土的壮志难酬而岁月飞逝的处境，感到十分苦闷和焦躁。这苦闷与焦躁，无处可以倾诉，只有像古人一样，举杯问月了。

换头词以乘风凌空、俯视山河的超拔雄姿，寄寓他鹏飞万里的雄图，和对于祖国山河的热爱。想到自己报国无门因而白发滋生、祖国山河的无法统一，全是因为黑暗政治势力的阻挠，所以他禁不住要像前贤杜甫那样，表达出祛除邪恶势力的迫切心愿。

这首小令篇幅虽短，但因为采用隐喻手法来抒情，所以寄托很深，尺幅而藏千里之势。

# 菩萨蛮

## 金陵赏心亭为叶丞相赋①

青山欲共高人语，联翩万马来无数。烟雨却低回，望来终不来。　　人言头上发，总向愁中白。拍手笑沙鸥，一身都是愁。

[注释]

①作于淳熙二年（1175）春，稼轩在建康安抚使参议官任上。赏心亭：参见《念奴娇·我来吊古》注①。叶丞相：著名抗金

人物叶衡,时知建康并兼江东安抚使。

[点评]

　　这是一篇外示谐趣内藏悲凉的小品,想象丰富而饶有余味。

　　上片纯写山景,或虚或实,笔法奇幻。势脉不断的青山如千万匹骏马,朝着城头赏心亭上的观景者飞奔过来。那些虎虎有生气的青山终被朦胧烟雨所困所阻,显出低首徘徊的样子,显示出妩媚韶秀的姿态。

　　至下片,作者以水上沙鸥起兴,寓庄于谐地展开抒情化的议论。作者以风趣幽默的口吻写道:人们都说,头上的白发之所以增多,是因为愁苦太多的缘故——白发是愁苦的标志和测量器。那么,那水边浑身毛色洁白的沙鸥,可不简直是"一身都是愁"了? 想到这一点,不禁令已生数茎白发的词人拍手大笑:他为自己有这样的奇情异想而兴奋,也为自己没那么多白发(愁苦)、比沙鸥幸运而开怀。在这样的幽默表情和忘机动作里,人们不仅能看到稼轩的开朗和赤子般的天真,领略到他不为政治挫折所屈服的乐观精神,也能意会到他因抗金恢复之事不可为而产生的苦闷。

# 清平乐

## 博山道中即事①

　　柳边飞鞚,露湿征衣重②。宿鹭窥沙孤影动,应有鱼虾入梦。　　一川明月疏星,浣纱人影娉婷③。笑背行人归去,门前稚子啼声。

[注释]

①此闲居带湖之作。即事:犹言速写。
②飞鞚:飞马而驰。鞚:马笼头。此代指马。
③娉婷:形容身姿娇美。

[点评]

　　词写博山道中夜景,写得赏心悦目。

　　上片写柳堤扬鞭,露湿征衣。孤影晃动,知为睡眠中的白鹭。它将头对着泥沙像是在窥探什么,其实正在酣睡。对于它的晃动,词人猜测是因它在梦里捉鱼虾而睡不安稳。一韵之中,由见到知,由知到猜,体察入微而又涉笔成趣,对那些热心名利的人梦寐不忘得失顺致讥讽。下片由描写自然而及浣纱少妇,写得清幽美好而不美艳轻俗。由白鹭而及河流,他看见了清澈的河流辉映着天上明月疏星的幽丽清旷的景致,又在朦胧中发现了河边的浣纱人影。接以“笑背”写浣纱少妇的单纯羞涩,显示出纯朴清新的人情美。最后,她的笑声,和门前小儿的啼哭声,打破了静谧的夜,给田园诗式的风景增添了许多生气。

　　本词全用白描写境,使景物既历历如画,又毫无赘笔。上片重在写影,下片则是光、影、声组成的动态图画。


# 丑奴儿近

## 博山道中效李易安体①


　　千峰云起,骤雨一霎儿价②。更远树斜阳,风景怎生图画③!青旗卖酒,山那畔别有人家。只消山水光中,无事过这一夏④。　　午醉醒时,松窗竹户,万千潇洒。野鸟飞来,又是一般闲暇。却怪白鸥,觑着人欲下未下⑤。旧盟都在,新来莫是,别有说话⑥?


[注释]

①此闲居带湖之作。李易安:李清照,号易安居士,山东明水人,是南北宋之交著名的女词人。其词自成一家风味,时人称"易安体"。

②一霎儿价:一会儿。价:语助词。

③怎生：宋代口语，怎么。

④只消：只应，但求。

⑤怪：奇怪。觑：偷眼窥看。

⑥旧盟：稼轩曾在隐居带湖时与鸥鹭结盟，参见《水调歌头·带湖吾甚爱》。莫是：莫不是。别有说话：有别的想法。指白鸥的悔约改盟。

[点评]

词写信州博山道中的幽美景色和作者流连于其中的闲适之情。词题标明是"效李易安体"，表明是追步李清照词的技巧和用语特征而成。李清照词最显著的特点，是写境的白描和用语的口语化。本词就是辛弃疾向李易安学习的成功之作。

上片写博山道中骤雨复晴的清美景色。画面疏朗，如随意点染而成，但又很讲究层次。风云陡起，骤雨一霎的景象。山间雨收云散、天青日出的清幽明澈风景，着意于斜阳的光辉敷染在远树上。传达出他屏除尘世干扰、唯求放情山水的情怀。

下片着重抒发他因流连风景而生的闲适潇洒情怀。这里的风景是他酒醒后通过博山道中某个窗户向外观望所得。在视角上，有变化带来的新鲜感。

在写景上，本词使用白描使风景清雅淡净，极能传南方夏日山间气象。在用语上，作者用了许多当时流行的口语，使文气活泼轻软，清新自然。作者对"易安体"的效法，使本词具有了"清水出芙蓉，天然去雕饰"的美学风貌。

# 临江仙

## 探梅①

老去惜花心已懒,爱梅犹绕江村。一枝先破玉溪春。更无花态度,全是雪精神。　　剩向青山餐秀色,为渠着句清新②。竹根流水带溪云。醉中浑不记,归路月黄昏。

[注释]

①此闲居带湖之作。
②剩向:尽向。餐秀色:即"秀色可餐"之意。此处借以赞美梅花的极度美丽。着句:写诗词。渠:他,代指梅花。

[点评]

　　咏梅诗词,是宋代骚人墨客最喜欢写作的。作者此词虽然不是经意而为的大作品,却有独特的赏梅角度。

　　上片开端总起,写自己以"惜花心懒"而犹绕江村探梅,梅花初放,带给溪头的春意。梅花的冰肌玉骨,清高莹洁,寄寓着他自己如此花一样独立不阿、清迥绝尘的人格风范。

　　下片写词人探梅之久,爱梅之深。写出了一个爱梅的孤独者形象。他面对青山,贪看梅花的"秀色",作者对它的爱慕,则有同气相求的味道。自己早已因为这美景而陶醉了,忘记了时间,直到黄昏月才恋恋地归去。

因为篇幅短小,作者注意在上下片中,对梅花逐步添加翠竹、云影等陪衬物,而不一气叙出。这样,不仅在松紧、疏密的安排上颇为得法,使句句间联系更紧密,而且句句有新意。直到结束句,才把一幅爱梅图画完。

# 生查子

## 独游雨岩①

溪边照影行,天在清溪底。天上有行云,人在行云里。　　高歌谁和余?空谷清音起②。非鬼亦非仙③,一曲桃花水。

[注释]

①此闲居带湖之作。

②清音:指空谷中的流水声。

③非鬼非仙:苏轼《夜泛西湖五绝》:"湖光非鬼亦非仙。"

[点评]

词写他在雨岩下清溪边的游赏和高歌,意境空灵而又深曲,韵味悠长。

上片写他在雨岩下的溪边独行所见。寥寥二十个字，把清如明镜的溪水，溪里蓝天白云的投影，词人自己在岸边独行，在水中的清影与蓝天白云的投影相交错的图景，描绘得无比生动，如在眼前。特别是一句"人在行云里"，写水中人影与云影的泯然无间，最能传投影之神。投影之所以会比现实美丽，是因为它不仅柔化了事物本来的线条，而且泯灭了事物彼此间的距离，使之统统被"描"到一个平面上。下片写他在溪边的高歌和寂寞。因为这景色太清美了，他忍不住要在此放声歌唱。然空谷无人，唯流水知音。

这里的云影天光，溪水桃花，无比明媚，无比自在，它们衬托出词人的无限寂寞——无处可消、无处可告的屈原式的寂寞。


# 鹧鸪天

## 黄沙道中即事①


句里春风正剪裁②，溪山一片画图开。轻鸥自趁虚船去，荒犬还迎野妇回。　　松共竹，翠成堆。要擎残雪斗疏梅。乱鸦毕竟无才思，时把琼瑶蹴下来③。

[注释]

①闲居带湖之作。黄沙：黄沙岭。稼轩在黄沙岭上建有书

房。

②此言正待把春风"剪裁"入诗。

③无才思:没有才情。琼瑶:美玉。此喻白雪。蹴:踢。

[点评]

这首春景词,显出清新玲珑的风采。

首韵欲扬先抑,采用反衬法,写自己正在搜索枯肠,意欲把春风初起的感觉写入诗词而不可得,突然间,眼前出现了一片溪山,清新得如刚打开的溪山画图。这就总摄全篇之魂,且为下文的写溪山之美做好了准备。"轻鸥"以下,一句一景,以抓摄的办法把眼前风景的动态特征,都展示了出来。鸥逐空船,犬迎野妇,同为动态画面,而一者自在,一者温馨。一"去"一"回",景物在变化中相互补足,显示出画面所需要的稳定性。另外,这两句,对仗精工,选词讲究,能够体现作者超然物外的人生意趣。过片转动为静,写松竹戴雪、疏梅自放的初春特有景象,写得颇有情韵。松竹梅本是所谓"岁寒三友",它们经常出现在同一处,或被诗人安排在同一画面中,梅得竹映,气息愈清,精神愈秀,姿态愈美。此处作者却别出心裁,以被雪水洗得青翠欲滴但是无花的松竹,来与开放得正香的梅枝竞美。作者以一"斗"字,写出了不服气的松竹联手举起残雪来与梅枝斗美的情态,赋予自然界以人的憨稚情韵。这三句,把松竹的气概和情趣写到了极处。结韵则以一个可爱的细节作为反压,以乱鸦踩落松竹上雪的煞风景没诗情——乱鸦的煞风景并不能取消这风景本身的诗情,来隐示松竹梅这场"较量"的"胜败",从而把作者对它们这场"较量"的态度,不着痕迹地一现。

# 沁园春

## 灵山齐庵赋。时筑偃湖未成①

叠嶂西驰,万马回旋,众山欲东。正惊湍直下,跳珠倒溅;小桥横截,缺月初弓②。老合投闲,天教多事,检校长身十万松③。吾庐小,在龙蛇影外,风雨声中④。　　争先见面重重。看爽气朝来三数峰⑤。似谢家子弟,衣冠磊落;相如庭户,车骑雍容⑥。我觉其间,雄深雅健,如对文章太史公⑦。新堤路,问偃湖何日,烟水濛濛?

[注释]

①约作于庆元二年(1196),时稼轩罢居瓢泉。灵山:在江西上饶境内。齐庵:在灵山,或指词中的"吾庐"。

②缺月初弓:言横截溪涧的小桥如一弯上弦月。

③合:应该。投闲:指离开官场,过闲散生活。检校:巡查、管理。长身:高大。

④龙蛇影:松树影。风雨声:借言松涛。

⑤爽气朝来:谓朝来群峰送爽,沁人心脾。语出《世说新语·简傲》。

⑥"似谢家"两句：谢家是东晋望族，子弟衣饰讲究，仪容俊伟，落落大方。此借言山峰挺秀轩昂。"相如"两句：《史记·司马相如列传》载，司马相如到四川临邛，"从车骑，雍容闲雅甚都"。此借以形容山峰的巍峨壮观。

⑦雄深雅健：本为韩愈评论柳宗元文风似司马迁的措辞，指雄放、深邃、高雅、刚健的风格。太史公：即司马迁，西汉著名的史学家和文学家，曾任太史令，著有《史记》等。

[点评]

这是稼轩最为精彩的山水词之一。全词艺术手法丰富，措意新颖，使此词显得精彩焕发，大笔振迅，足见作者"词中之龙"的不凡器识。

词的上片，层层铺叙出灵山及齐庵的雄奇景色，带上词人观物的主观性色彩。重叠绵延的山峰，如万马正作西驰之势，却被生生勒住，故而最终回旋向东。灵山之内，飞流如珍珠散乱；以如弓新月比喻山涧小桥横跨风姿，以静喻静，美在玲珑幽雅。"老合"一韵，随笔一点，将自己投闲置散的苦闷和英雄豪杰的本色，借着"检校长身十万松"的意象表达了出来。在隐隐透出渴望检校雄兵意念的同时，也隐隐透出不得如此而投老空山的郁闷。

过片先将山拟人化，说一座座山气爽朗的青峰，在早晨争着从云雾里钻出来与词人"见面"。山的清新挺秀风姿，就像衣冠潇洒、风度翩翩的谢安家族的优雅子弟们一样；山的雄奇巍峨之姿，就像司马相如乘着那雍容华丽的车骑一样，显得从容优雅，气度不凡。凭此，他对青山之神的把握和传达，体现了物我同一的最高审美境界。

# 好事近

## 春日郊游

春动酒旗风,野店芳醪留客①。系马水边幽寺,有梨花如雪。　　山僧欲看醉魂醒,茗碗泛香白②。微记翠苔归路,袅一鞭春色。

[注释]

①芳醪:美酒。
②"山僧"两句:山僧献茶,欲为他解酒。茗碗:茶杯。

[点评]

这首游春词,如一幅单纯的艺术小品。虽无多少深致,却以其精美的炼字、炼句,和幽美迷人的意境令人心醉。

作者并不事事写足,而只是择取几个最精彩的镜头:在酒旗招展的野店中痛饮美酒,醉后行至梨花如雪的野寺中快饮香茶,在微醒之际踏翠归来,马鞭起处,似划破无边的春色。这就把春日郊野的幽美、词人出游的快意写足了。

在用字上,词人精心挑选、锤炼一些韵味丰美的字眼,如野店、芳醪、幽寺、醉魂、香白、袅等,显示出他本不乏精巧细致的审美品位。在炼句上,他特别造出一种结构奇而拗的句子,在表面上的"不通"之下,引诱人细细地体味这生新的句

⊙

子的奇特魅力,如"春动酒旗风""芳醪留客""袅一鞭春色"。
本词还善于利用补白。比如他写游春,只写回来踏碧苔,而
不写出去怎样;第一句已到酒店,第三句才写到是乘马出游。
又比如他写饮酒,第一韵即写饮酒,到下片才借山僧的眼睛
看到他酣醉的情态。这种四面勾连的巧妙补笔,使结构更紧
密,词作显得精巧玲珑,确是小品作法。

情爱心歌

手拈黄花无意绪

# 念奴娇

## 书东流村壁①

　　野棠花落②，又匆匆过了，清明时节。刬地东风欺客梦，一夜云屏寒怯③。曲岸持觞，垂杨系马，此地曾轻别④。楼空人去，旧游飞燕能说⑤。

　　闻道绮陌东头，行人曾见，帘底纤纤月⑥。旧恨春江流不断，新恨云山千叠。料得明朝，樽前重见，镜里花难折。也应惊问，近来多少华发？

[注释]

①作于淳熙五年(1178)春应召赴京途中。东流：旧县名，在今安徽南部，地处长江边。稼轩由江西发舟，顺流而下，至此停泊。

②野棠：野生海棠，二月开白色小花。

③刬地：平白无故地。此宋元人口语。欺客梦：犹言使客人难以入眠。寒怯：怕冷。

④此言当年曾与伊人在此分别，系马伐行情景犹在眼前。

⑤此化用苏轼《永遇乐·彭城夜宿燕子楼，梦盼盼》词意："燕子楼空，佳人何在？空锁楼中燕。"

⑥绮陌：繁华街市。纤纤月：喻美人足。

[点评]

　　念旧怀人,这是婉约派词人的拿手题目,周(邦彦)情柳(永)思,秦(观)晏(几道)风流,芬芳缠绵,令人挹之无尽。而作为豪放派营垒里的辛弃疾,他的这首访旧怀人词,其缠绵婉曲之至,也绝不在上述诸人之下。

　　词的起句,惊叹时光流逝。春风寒冷,无缘无故地使他睡不着。由"客梦"忆及往日情事,他不写聚、写乐,而只写散、写别。写离别的镜头,楼上飞燕说旧事,传达出了他的无比怅惘之情。

　　下片另辟蹊径,以"闻道"开头,"人见"补充,化虚为实,将思念中伊人的形象复现于笔端。伊人绮艳之极,"旧恨""新恨"如"春江流不断""云山千叠",妙在得于眼前所见,且又各与当时情境贴切:当年自己放船远去时,别情依依,如长流的江水;此日人分两处,不可得见时,又堪恨阻隔如云山一样,不可超越。想象万一将来重相见于宴席之前的情形。"镜里花难折",写尽情长缘短、对面难堪的幽恨。最后借虚想中的佳人之口,为自己壮志难酬、白发早生而重加感慨。

# 临江仙①

　　金谷无烟宫树绿,嫩寒生怕春风②。博山微透暖薰笼③。小楼春色里,幽梦雨声中。　　别浦鲤鱼何日到? 锦书封恨重重④。海棠花下去年逢。也应随分瘦,忍泪觅残红⑤。

[注释]

①作年莫考。

②金谷:金谷园,晋代石崇所造私家园林。此处借指女子所居庭园。嫩寒:微寒。

③博山:博山炉,香炉的一种。薰笼:薰香衣服的笼子。

④别浦:偏远的河道。鲤鱼:代指书信。锦书:书信的美称。

⑤随分:照例。

[点评]

　　这是一首抒情细腻的爱情词。抒情妙在含蓄朦胧。

　　上片就女子这一面来写,纯是渲染意境,以景言情。寒食、清明节间。高门大户人家的庭园里,住着美慧多情的女子。把她的思念之情借幽梦传写。整个上片,就是由孤寂的小楼、嫩寒、微香、雨声和含烟幽暗的绿色共同营造出的女子怀人的精致境界。

下片转至男子这一面来写。实际上，上片的意境全是关念中的男子想象的产物。所以一上来，他就急不可耐地问讯道，我那寄给她的情书，什么时候才能让她收到？其中封进了我多少离别的愁恨啊！以下突然转进一个回忆的镜头"海棠花下去年逢"，这是唯一一句显示两人间情事经历的句子，写得温馨香软，足见男子对初次相遇的记忆之深切美好，甚至连他写到的那海棠，似乎也都成了伊人风采的暗示。猜测她的必然消瘦，想象她在觅残红——这是男性作者所造的女子伤时伤别之情的经典意象。这样的猜测，无疑显示出男子对伊人的极度钟情。

对于此词，陈廷焯评论道："婉雅芊丽。稼轩也能为此种笔路，真令人心折。"这充分体现出稼轩能刚能柔、手段奇幻的特色。

## 满江红

敲碎离愁，纱窗外、风摇翠竹。人去后、吹箫声断①，倚楼人独。满眼不堪三月暮，举头已觉千山绿。但试把、一纸寄来书，从头读。　　相思字，空盈幅；相思意，何时足？滴罗襟点点，泪珠盈掬②。芳草不迷行客路，垂杨只碍离人目。最苦是、立尽月黄昏，栏杆曲。

①吹箫:用萧史弄玉故事。相传萧史善于吹箫,秦穆公把女儿弄玉嫁给他,并为他筑了凤台。后萧史吹箫引来凤鸟,于是和弄玉一起,乘凤升天而成了仙。

②盈掬:满把。极言泪珠之多。

[点评]

这是一首夏日闺中怀人词,全篇纯以赋法抒情,足见感情真实的力量。

词以"敲碎离愁"凌空而起,比一般的婉约词抒情节奏快捷。是什么把离愁敲碎了?是纱窗外的翠竹被风摇动而发出的声音。产生离愁的原因,原来是情趣融洽的丈夫离家,使她孤独无伴。她还正在为伤春所苦呢,时光却在飞逝,偶尔举头,已经看见初夏来临了。要想重温"吹箫人"的情意,唯有读他寄来的书信了。

过片接上片末句情意续写,如连珠滚下,写她面对"吹箫人"情意绵绵的书信而产生的幽怨。她以全部生命来爱恋的深情,难以被信上的"相思字"安慰补偿的幽怨。正因为感到如此的不公平,所以她才流下那么多的泪水。然而,她终究是一个深于爱、因而不忍深怨对方的女子,她不仅还是要去眺望行人的归路,而且还将她的怨艾转移到芳草和垂杨这些无能为力的物象上,埋怨芳草没有迷了行人的去路,埋怨垂杨挡住了自己望远的视线——仿佛如果它们无"错误",行人也就不出门了,即使出门,她也能看见他归来的身影。

这首缠绵哀感的词,将思妇因爱生怨、爱怨交加的悱恻心态传达了出来,颇有婉约词人的抒情风致。

# 满江红

## 暮春

家住江南,又过了、清明寒食。花径里,一番风雨,一番狼藉①。红粉暗随流水去,园林渐觉清阴密。算年年、落尽刺桐花,寒无力②。　　庭院静,空相忆;无说处,闲愁极。怕流莺乳燕,得知消息。尺素如今何处也?彩云依旧无踪迹③。漫教人、羞去上层楼,平芜碧④。

[注释]

①狼藉:形容落花飘零散乱。红粉:指落花。

②刺桐花:一名海桐,早春开花,叶与梧桐相似而枝干带刺。寒无力:春寒渐渐减退。

③尺素:指书信。彩云:五彩行云。喻所思之人行踪不定。

④漫:空。平芜:平坦的草地。

[点评]

这是一首十分委婉缠绵的伤春相思词,写一位空闺女子怀念情人而又羞涩难言的情绪状态，逼近婉约派词人秦观的风调。

上片写这女子眼中的暮春景象。江南女子不止一次独自度过暮春的寂寞和哀怨，经过许多次风雨之后，如今的花径里已经狼藉不堪了。思念如钝刀割肉，而美貌在流失。

下片专写她的孤寂和苦闷、羞涩和矜持。芳菲凋零之后，情人不在。因为难以忍受这过度的"静"，所以她"相忆"远方的游子，可"相忆"徒劳——"空"字是明证。加倍传写了她的苦闷和幽怨。以下就"无说处"转写自己的羞涩和矜持。这满怀的闲愁，只能深藏在心中，不仅不能对伊人说、对别人说，还生怕流莺乳燕知道。她只好自己隐忍着，在情感的苦汁里泡得透湿。

对于这样一首从女性那一面写来的闺中念远词，因为读解到这一层次不能窥见抒情主体的精神风貌，所以人们往往试图给它"最终的解释"，即把它与作者自身的情感状态联系起来，因而得出它是一首政治寄托词的结论。

# 鹧鸪天

## 鹅湖归，病起作<sup>①</sup>

　　着意寻春懒便回，何如信步两三杯？山才好处行还倦，诗未成时雨早催<sup>②</sup>。　　携竹杖，更芒鞋，朱朱粉粉野蒿开<sup>③</sup>。谁家寒食归宁女，笑语柔桑陌上来<sup>④</sup>？

[注释]

①闲居带湖之作。

②此借用杜甫《陪诸贵公子丈八沟携妓纳凉，晚际遇雨》诗意："片云头上黑，应是雨催诗。"

③芒鞋：草鞋。野蒿：野草野花。

④寒食：寒食节。归宁：出嫁的闺女回娘家探望父母。

[点评]

　　全词写的是一幅生机盎然的农村风景画。上片写词人病愈出游的情状。他本来是个喜欢寻幽探胜的人，然而由于病，体力不够，不能特意地去寻觅春光，只好随着体力所能，随便走走看看。于是，他开始就为自己的信步而行打气。他说，刻意去寻访春天，因为走不动，到不了目标而回去，还不如像我这样，信步而行，随意喝上两三杯呢。他信步走着，发现了眼前山景的美妙，不想这时已经疲倦，于是随意休憩，构思起春游的诗歌来。这时一阵春雨，淅淅沥沥，仿佛是特意催他诗成的雨信。这样，三、四两句，一"倦"一"催"，一伏一起，曲折有致，最终则归于对于信雨的喜悦。

下片则着重写野外风光和人事，而把自己的欣赏暗藏其中。起首两小句，补写自己出游时"竹杖""芒鞋"的装束，以下全是写野外所见的景象。田野上，野花盛开，虽不名贵，但红红白白，如铺锦绣，给田园带来烂漫的春意。词人正陶醉，蓦地又从嫩叶葳蕤的桑间小路上，传来了渐渐走近的农家女儿爽朗的谈笑声。这是已经出嫁的女儿们，趁着寒食的空闲回娘家呢。朱朱粉粉的野花和这群无拘无束的女儿，同是这片田野上的花朵，她们是那么相配，那么健康和自然。看着这片风景的词人，内心的安宁和欣喜是无须言喻的。从画面的效果看，最后那群神采飞扬的少妇们的进入，使这一被白描得很淡净的风景陡然鲜亮起来。

此词的主要特点，在于写景不刻意，抒情也不刻意。这种随意点染的特色，就造成了全篇笔意的"淡"，一种饶有余味的"淡"。这正反映了词人心中随缘自适的冲淡之情。

# 鹧鸪天

## 代人赋①

晚日寒鸦一片愁,柳塘新绿却温柔。若教眼底无离恨,不信人间有白头。　　肠已断,泪难收。相思重上小红楼。情知已被云遮断,频倚栏杆不自由②。

[注释]

①此闲居带湖之作。
②不自由:不由自主。

[点评]

本词是一首从对面写来的伤离怨别词。

起韵因情载景,写女主人公远眺伤情的状态。以春水方生、柳色回黄的温柔可爱,来反怨恋人的不如柳色、不如春水,不够温柔。白头全是因为离恨太深所致。"白头"一语,下得痛彻,因为她是一个更敏感于美的衰亡的女性抒情主人公。

下片正面敷写她的相思之貌。她深知这一次泪水涟涟地登楼眺望游子归来,也只不过是如以往一样劳而无功的举动而已。她说自己并非不知道登眺的无益，并非不知道情人已经远在浮云之外，他们之间已经隔着重重云山，却控制不了自己一再倚栏眺望的念头。

作者竟然会有这样深挚的心理体验，并且能用笔墨，把这几乎不可言说的情感言说出来——他的心是怎样的晶莹剔透，能洞见常人的感情幽微处！

田园风情

稻花香里说丰年

# 清平乐

## 村居①

    茅檐低小,溪上青青草。醉里吴音相媚好,白发谁家翁媪②?     大儿锄豆溪东,中儿正织鸡笼。最喜小儿无赖,溪头卧剥莲蓬③。

[注释]

①闲居带湖之作。

②吴音:吴地口音。信州旧属吴地,故称吴音。相媚好:一指相互取悦逗乐,一指吴音柔美悦耳。翁媪:老翁,老妇。

③无赖:原意无聊,此指顽皮。

[点评]

    轻笔淡墨,宛然一幅农家生活素描,令人赏心悦目。

    首韵先推出一座茅屋,它又低矮又仄小,十分简陋,但坐落在草色青青的溪头,却显得颇清幽。微醺的词人信步走来,就发现了它。接着他忽然听到从中传出一些悦耳动听的软媚的吴音,并且好像在相互逗乐,于是忍不住伸头朝里一望,这才发现,原来操这么软媚的吴音在相互逗乐的,不是年轻的夫妻,而是一对头发已白的老公公、老婆婆。上片从"相媚好"的声音到白发翁媪的形象的跌出,颇有出人意料的喜剧效果。下片正面入笔,叙写了他们家三个男孩儿的活动:大孩儿在溪东头的地里为豆子锄草;二孩儿在家门边的空地上编织着养鸡的竹笼子,最小的那个呢? 也被他找着了,他正躺在溪边上剥莲蓬子吃着玩儿呢。在叙写小儿的活动时,作者连用了两个词"最喜""无赖",表明他在无忧无虑的儿童身上感受到的天真童趣,和他作为一个成年人回看这种童年生活时的羡慕和喜爱。

全词妙在信手偶得。此词虽是小品,但如同齐白石之画虾,也能见大家风范。

# 西江月

## 夜行黄沙道中①

明月别枝惊鹊②,清风半夜鸣蝉。稻花香里说丰年,听取蛙声一片。　　七八个星天外,两三点雨山前。旧时茅店社林边③,路转溪桥忽见。

[注释]

①闲居带湖之作。
②别枝:远伸的树枝。
③社林:土地庙旁的小树林。

[点评]

本词是作者农村词中的代表作品之一。它描写江西农村夏夜的风景变化和观景者的情绪,意境幽邃,构思灵妙,深具艺术魅力。

上片写山野静景,用墨丰润饱满,暗示出作者安闲自适的心情。作者欲写乡野之夜那深邃的安静,却以局部的声响来表现之。明亮的月光下,远枝上无浓荫遮覆的鹊鸟睡不安稳的样子和清风吹拂中半夜里的蝉鸣。听蛙声喧闹如鼓,知道了稻田的水分充足,感到了丰年的临近。

下片写山雨欲来前的景象,用墨疏淡灵动,却表明了作者由安闲到急迫的心情变化。刚才还有亮得让鹊鸟睡不安的明月呢,一转眼,天空只剩下"七八个星"了,紧接着,"两三点雨"落到了身上。深谙江南气候的作者,知道在这多雨的季节,"两三点雨"就是急雨将来的信号,而他正在山前,无处可躲避。他一边在记忆中搜索着避雨所,一边匆忙绕过山前路,转过溪桥,记忆中的"茅店"突然(果然)出现在眼前——他的喜悦、庆幸之情无以言表。

在表现手法上,词纯采用赋法写景,有拙稚风味。

田园风情·稻花香里说丰年

# 鹧鸪天

## 代人赋①

陌上柔桑破嫩芽,东邻蚕种已生些②。平冈细草鸣黄犊,斜日寒林点暮鸦。　山远近,路横斜,青旗沽酒有人家③。城中桃李愁风雨,春在溪头荠菜花。

[注释]

①此闲居带湖之作。

②柔桑:细嫩的桑条。破:冒出。生些:蚕种已有少部分孵化成幼蚕。

③青旗:酒招子。沽酒:卖酒。

[点评]

　词以一个行路者的眼睛,随意摄取了最能体现出初春乡园气息的风景:柔桑、幼蚕、细草、黄犊、荠菜花等,以之构成一幅江南春日田园风景画卷。细草黄犊的近景在朴素、安定的景象中透出了春意,寒林暮鸦的远景不仅表明这是个寒意未消的初春光景,还传出行人几分惆怅的情意。游子惆怅,在此句表现得比较集中。

如果说上片写景以稳定为主,下片则出之以动荡。换头"山远近,路横斜"的推移,卖酒人家的青旗忽然在山与路的推移中闪出,一面酒旗招摇而出。溪头荠菜花开得烂漫风光,并想起似愁风雨而未开的"城中桃李",表现出他对朴实无华、不畏风雨、先春而放的荠菜花生命力的赞美。在对比中,那"城中"畏怯风雨而未开的桃李,显然不如这溪头的小小荠菜花儿顽强有活力。作者以这两种花儿作对照,纳入了他对生活的感悟,这感悟因为表现得含蓄,就为读者留下了再创造的无限空间。自古以来,对此两句的象征意义,人们多方探讨,愈觉妙谛无穷,这使结韵成了本篇中最为警策的词句。

# 鹧鸪天①

石壁虚云积渐高,溪声绕屋几周遭②。自从一雨花零落,却爱微风草动摇。　　呼玉友,荐溪毛。殷勤野老苦相邀③。杖藜忽避行人去④,认是翁来却过桥。

[注释]

①闲居瓢泉之作。

②石壁:陡峭的山崖。周遭:遍数。

③玉友:一种米制的白酒。溪毛:一种生于溪涧边的野菜。
野老:农村父老。

④杖藜:拄着藜杖的老人。

[点评]

　　词上片写江南暮春风景。暮春的江南,具有雨水充分、气候湿润,因而景致多含有"水气"的特点,起韵就是写这样的景象。这里在石壁上越积越高的云气,绕屋不散、渐渐增强的溪水声,都与瓢泉有水有山的环境特点、山润水明的季节特点极为吻合。

　　下片写野老邀客的情事。过片补写自己是接受野老之邀,前来赴小饮的。"玉友""溪毛",全是家常风味,全是乡野气息,正是作者所喜欢的乡野本色,也是作者欣然而来赴饮的原因。野老大概是因为在家等得不耐烦了吧,他拄着拐杖,来到门前溪水上的小桥旁,站在桥头盼望作者的到来。又许是他久等而不见作者,只见偶尔来往的行人吧,有几分失望的他,打算下桥回屋去了。这时候,又来了一个"行人"。老眼昏花的他,误以为这还是别人,因为桥窄,于是他匆忙避让,转身而去。而正在转身之际,却忽然把作者认出来了,于是马上过得桥来,热情迎接稼轩翁。这"忽避"和"却过"之间形成的戏剧性转折,以一个抓摄到的镜头,把野老昏花其眼、失望其情和热诚其意的全部心理内容和迎客动作,悉数纳入其中,让人感觉到在这自然的情态中,作者那诙谐、风趣的微笑。

　　这首词最大的艺术特色,是善用补笔。这令这首艺术小品既精巧玲珑,又天趣盎然;既风趣明畅,又含蓄有味。

# 辛弃疾诗选

## 元　日

老病忘时节,空斋晓尚眠。儿童唤翁起,今日是新年。

## 偶　题

逢花眼倦开,见酒手频推。不恨吾年老,恨他将病来。

## 哭　齷

### 其　九

中堂与曲室,闻汝啼哭声。汝父与汝母,何处可坐行?

### 其十一

足音答答来,多在雪楼下。尚忆附爷耳,指问壁间画。

### 其十三

昨宵北窗下,不敢高声语。悲深意颠倒,尚疑惊着汝。

## 和傅岩叟《梅花》二首

### 其　二

灵均恨不与同时，欲把幽香赠一枝。堪入《离骚》文字否？当年何事未相知？

## 江山庆云桥

### 其　一

草梢出水已无多，村路弥漫奈雨何。水底有桥桥有月，只今平地起风波。

### 其　二

断崖老树相撑拄，白水绿畦相灌输。焉得溪南一丘壑，放船画作归来图？

## 游武夷，作棹歌呈朱晦翁十首（选五）

### 其　一

一水奔流叠嶂开，溪头千步响如雷。扁舟费尽篙师力，咫尺平澜上不来。

### 其　三

玉女峰前一棹歌，烟鬟雾鬓动清波。游人去后枫林夜，月满空山可奈何。

## 其　四

　　见说仙人此避秦,爱随流水一溪云。花开花落无寻处,仿佛吹
箫月夜闻。

## 其　七

　　巨石亭亭缺啮多,悬知千古也消磨。人间正觅擎天柱,无奈风
吹雨打何?

## 其　九

　　山中有客帝王师,日日吟诗坐钓矶。费尽烟霞供不足,几时西
伯载将归?

## 鹤鸣亭独饮

　　小亭独酌兴悠哉,忽有清愁到酒杯。四面青山围欲合,不知愁
自那边来。

## 和任师见寄之韵

## 其　一

　　老来功业已蹉跎,买得生涯复不多。十顷芰荷三径菊,醉乡容
我住无何。

## 其　二

　　昨梦春风花满枝,是花到眼是新诗。如今梦断春无迹,不记题

辛弃疾诗选

诗付与谁。

# 偶 题

## 其 一

人生忧患始于名,且喜无闻过此生。却得少年耽酒力,读书学剑两无成。

## 其 二

闲花浪蕊不知名,又是一番春草生。病起小园无一事,杖藜看得绿阴成。

# 偶 作

至性由来禀太和,善人何少恶人多。君看泻水着平地,正作方圆有几何?

# 送剑与傅岩叟

镆铘三尺照人寒,试与挑灯仔细看。且挂空斋作琴伴,未须携去斩楼兰。

# 江郎山和韵

三峰一一青如削,卓立千寻不可干。正直相扶无倚傍,撑持天地与人看。

## 送别湖南部曲

　　青山匹马万人呼,幕府当年急急符。愧我明珠成薏苡,负君赤手缚于菟。

　　观书到老眼如镜,论事惊人胆满躯。万里云霄送君去,不妨风雨破吾庐。

## 题鸣鹤亭

### 其　一

　　种竹栽花猝未休,乐天知命且无忧。百年自运非人力,万事从今与鹤谋。

　　用力何如巧作凑,封侯原自曲如钩。请看鱼鸟飞潜处,更有鸡虫得失不?

### 其　三

　　林下萧然一颓翁,斜阳扶杖对西风。功名此去心如水,富贵由来色是空。

　　便好洗心依佛祖,不妨强笑伴儿童。客来闲说那堪听,且喜新来耳渐聋。

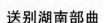